旅のたのしみ

甲斐みのり

随筆集　旅のたのしみ　目次

旅の始まり　10
町歩きの楽しさを教えてくれたパリ　17
桜を想うとき　26
お茶淹れたよ　29
静岡おでんの記憶　33
第二の故郷・田辺　41
ティーソーダとベルガモット　47
ただいまと言える町　52
この世界の片隅に　56
松本民芸家具　62
美濃和紙　66

伊賀組紐 70
駿河和染 74
常滑焼 78
飛騨さしこ 82
浜松張子 87
こけしの旅 91
お茶っことこけし 98
東北の郷土玩具 104
伊勢木綿 113
伊勢型紙 118
尾張七宝 122

町歩きのすすめ　125
名建築に魅せられて　130
旅先はクラシックホテル　135
憧れのハトヤホテル　140
各駅停車の旅　144
豊橋の水上ビル　148
富士山の麓で　153
ねむの木学園と宮城まり子さん　157
旅と音楽　163
あれから十年も　178
旅の終わりに　186

装画　湯浅景子
装釘　藤原康二

随筆集

旅のたのしみ

旅の始まり

最も古い記憶は三歳の夏の日。車の中、一家四人で朝ごはんを食べている光景だ。

父は教師をしていて、長期休暇が取りやすい夏休みに旅をするのが我が家の恒例になっていた。ドライブが好きだった父が運転する車で、全国いろいろな土地まで赴《おもむ》いた。

渋滞を避けるため、出発はいつも早朝。旅に出る日の前日は普段より早く床に就き、まだ夜が明けきらぬうちに母に起こされた。母は保育士をしていたので、仕事がある平日は朝ごはんを準備して、誰よりも早く家を出た。ぼんやりとした頭のまま歯を磨いたら、母が食卓に用意してくれた朝食を食べてから登校する。それが普段の朝の風景だった。

旅の日の朝は、いつもとはちょっと違っていた。私たちよりもさらに早く起きて、母は四人分のお弁当を用意してくれた。父も運転の途中に食べられるよう、おにぎりやサンドイッチなど手軽なものだったが、車の中で頬張る朝ごはんがなにより楽しみだった。

未知の土地まで旅する高揚感で胸いっぱいの中、一家揃って車内で味わう特別な朝ごはん。それは楽しい旅の始まりを象徴する、幸せな時間だった。その光景は深く脳裏に刻まれていて、一番古い記憶として鮮明に残っている。

車中のもうひとつの楽しみは、好きな音楽を聴くこと。アニメの主題歌を集めたカセットテープを流して、それに合わせて姉と一緒にいろいろなアニメソングを歌った。それに飽きると即興で曲を作り、でたらめな歌を大声で歌っては家族みんなで笑い合った。

楽しいばかりの夏旅であったが、ひとつだけ厄介ごとがあった。それは毎年母から課せられる旅行記。私と姉は、旅行の行程、旅先で見たことや知ったこと、出会った人などを仔細に記録し、それを夏休みの自由研究として提出していた。無理やり課題を与えないと自由研究など一生かかってもやらない私の性格を、母は当然のように見抜いていた。ずっと一緒にいる旅中なら四六時中目が届くから、私に合った自由研究として旅行記を思いついたのだろう。

記録用のノートをほっぽり出して遊びほうけていると、旅行中も母から小言が飛んできた。

「旅のここまでのこと、ちゃんと記録している?」

最初は正直面倒くさいと思っていたけれど、小学三年生になった頃から旅行記をつけることが嫌ではなくなってきた。それどころか、いつしか夏旅の慣習となり、旅の記録をつけることが楽しくなっていた。

そして祖父から譲り受けた小型のフィルムカメラで、ここぞという景色を収めた。旅の前に父が買ってくれたフィルムは三十六枚撮り一本きりだったから、無駄なものを撮る余裕は一切なく、一枚一枚丁寧にシャッターを切った。現像するまでちゃんと撮れているかわからない、ドキドキする感覚も好きだった。ゆえに写真を一枚撮ることがとても大事で、シャッターを切った風景は旅の記憶としてはっきり残っている。

旅先でノートにメモした記録、旅先で食べたお菓子の包装紙、出向いた先でもらってきたパンフレット類、宿泊先の便箋《びんせん》や封筒、大切に撮影した写真の紙焼き。旅から戻るとそれらを元に、自由研究として提出するための旅行記を認《したた》めた。

姉と私は四つ歳が違う。子供の頃の四歳の差はとても大きく、勉強でも工作でも、私が姉に勝てるものはほとんどなかった。夏の旅行記でもその差は歴然としていて、姉のそれは私とは比べものにならない完成度だった。

姉は旅の記録にとどまらず、訪れた土地の歴史や文化まで調べ上げて、丁寧に綴《つづ》っていた。片や私は、旅先で食べた美味しいものや、みやげ店で発見した初めて目にする珍しいものなどを細かく記していた。私が熱心に記録したのは、総じてその土地の名物ではない、家族の誰も注目しないようなものばかりだった。

興味の赴くままに自身の気持ちを素直に書き記した旅行記は、担任の先生からの評価はそれほど芳《かんば》しくなかった。しかし父と母は、旅行ガイドとしてはほとんど役に立たないであろう、私独自の視点で認めた旅行記をとても面白いと褒めてくれた。それがなにより嬉しくて、小学校を卒業するまで毎夏、旅先で自身の琴線に触れたものを素直な気持ちで記していった。

十年ほど前、実家にあるものを整理処分するから、今度家に来たときに必要なものは持ち帰ってほしいと連絡があった。お盆休みに帰省して懐かしい品々と再会したのだが、その中に小学一年から六年までの夏旅の記録も残っていた。

自由研究として提出したあとは一度も見返したことがなかったノートを開くと、そこに記されていたのは、現在仕事として日々行っていることとなんら変わらない、旅して心を動かされた人やものや出来事を愛《いつく》しむ言葉だった。

最初は嫌々取り組んでいたけれど、旅行記をつけることを課してくれた母と、全国各地に長時間ドライブして連れていってくれた父には感謝しかない。あのときに母が種を蒔いてくれたおかげで、自分が好きなことを見つけて綴る楽しさを発見できた。その経験がなければ、今私は文筆を生業《なりわい》としていないだろう。

各地を旅して、地元パン・名建築・クラシックホテル・老舗喫茶店・郷土玩具・土地土地のお菓子やアイス・それらの包装紙など、さまざまな題材で綴ってきた。私が愛してやまないものや場所や人たちは、最初は多くの人が関心を示すものではなかったが、自分の心のアンテナを信じて、好きなものを追い求めていった。

これまでしっかり軸を持って旅を続けることができたのは、父と母だけは私の旅行記を評価してくれたことが大きかったと思う。きっとどこかに、この楽しさを理解してくれる人がいるはず。そう信じて旅を続けているうちに、次第に私の好きに共感してくれる人の輪が広がっていった。

あの夏の旅行記が始まりだった。旅は、私の一番古い記憶であり、今は言葉を綴る原動力となっている。

町歩きの楽しさを教えてくれたパリ

人生で最も影響を受けた映画は『なまいきシャルロット』だ。これまで観た中で一番面白かった作品、感動した作品となると、そのどきどきで異なる映画を選ぶだろう。しかし影響を受けたとなると、これしか考えられないほど、作中の全てに強い憧れを抱いた。

主人公の十三歳のシャルロットは反抗期真っ只中。人づきあいが苦手で、たくさんのコンプレックスを抱えていて、いつもなにかに苛立《いらだ》っていた。ヴァカンスでわく初夏のパリを舞台に、シャルロットのひと夏の淡い恋を描いた物語だ。

初めてこの作品を観たのは、主人公のシャルロットと同じ十三歳。私も同じように人づきあいが苦手で、心がずっと晴れない日々を送っていた。スクリーンの中のシャルロットに自身を重ねて、共感という言葉では言い表せないほどの衝撃を受けた。一度も訪れたことがない遠いパリに、私の同志を見つけた。

この映画との出会いをきっかけに、パリが憧れの地となった。大学時代は、一九六〇年代のヌーヴェルヴァーグと呼ばれる時代のフランス映画の世界にどっぷりと浸かった。名画座といわれる古い作品が上映される映画館では、たびたびヌーヴェルヴァーグの作品が特集されていた。ひとりの監督の作品を夜通し上映することもあり、眠い目をこすりながらオールナイトに足繁く通った。

音楽の世界でも一九六〇年代の作品が再評価され始めていた。私も当時流行していたフレンチポップのアナログレコードを熱心に集め、大学外のフレンチポップ同好会に所属して、クラブでＤＪの真似ごとをしていた。

フランス音楽に影響を受けた日本人歌手のカヒミ・カリィさんがＤＪを務めるＮＨＫ－ＦＭのラジオ番組『ミュージックパイロット』を毎週録音して熱心に聴いていた。番組内で紹介された曲とアーティスト名を、耳をそばだててノートに聞き写し、放送翌日レコード店に足を運び、お店の人にその曲が収録されたレコードを尋ねた。

フレンチポップだけでなく、ロックや映画音楽、当時流行し始めていたスウェーデンのアーティストの曲も流していて、この番組のおかげで好きな音楽の幅がグッと広がった。

頭の天辺《てっぺん》から足の爪先《つまさき》まで全身フランスの古着をまとい、身も心もフランスにかぶれていたけれど、実際にフランスを旅したのは二十代後半。そもそも海外を旅したことは一度もなく、私にとってパリは遠い桃源郷《とうげんきょう》のような存在だった。

私をパリに連れ出してくれたのは、八つ年上のイラストレーターの友人。上京して数年が過ぎた頃で、ようやく物書きの仕事を定期的にもらえるようになっていた。見識が広い彼女は、姉のようにいろいろなことを優しく教えてくれた。私がフランスの映画や音楽、ファッションが大好きだと話すと、これまで何度か訪れたパリの旅を語ってくれた。

「実はこれまで一度も海外に行ったことがなくて……」

私がこう切り出すと、間髪入れず

「みのりちゃんこそ絶対に海外を見なきゃダメ。私が案内するから、一緒にパリに行こう！」

と確固とした口調で誘いの言葉が返ってきた。

忙しい日々に追われ、フランス文化に対する情熱はいつしか次第に落ち着いていた。しかしこの会話を交わす少し前、ある映画を観たことをきっかけにフランス熱が再燃していた。

その作品は二〇〇一年に公開されたフランス映画『アメリ』。空想好きな二十代の主人公・アメリに共感し、スクリーンに映し出されるパリ・モンマルトルの町並みに心を奪われた。十三歳で初めて『なまいきシャルロット』を観たときと同じように感情移入し、すっかり映画の中の住人になっていた。

ずっとパリに憧れていたけれど、実際に旅を計画するとなると、なかなか重い腰が上がらなかった。人生を変えた映画『なまいきシャルロット』との出会いから十年以上が経ち、大人になった今、心揺さぶられるパリを舞台にした映画『アメリ』に出会った。そして今、姉のように信頼できる友人が私をパリに連れ出そうと強く背中を押している。この機会を逃すことはできないと、ようやく念願だったパリを訪れる決心がついた。

二〇〇〇年代初頭は携帯電話が普及し始めた頃で、スマホが登場するずっと前。道案内で頼りになるのは紙の地図だけ。シャルル・ド・ゴール空港から宿泊先のホテルに辿り着くだけで一苦労だった。

これまで三度パリを旅したことがある彼女の記憶を頼りに、文字通り探検するようにパリの町を散策した。どこになにがあるのか全くわからない状況の中、直感だけでお店を巡っていく。

私が持っていったのは、愛読していた雑誌のパリ特集号一冊と、以前パリを旅したことがある友人が書いてくれた、美味しかった店の手書きメモだけ。その中で、ここだけは絶対に行きたいと目星をつけていた店は結局見つけることができず、迷った道中で心ときめく愛らしい店構えの、美味しそうな香りが漂うベーカリーを見つけた。

そこで求めて、歩きながら食べたバゲットの美味しさに私たちは心を射抜かれた。旅の間にいろいろなものを食べたけれど、そのときのシンプルなバゲットほど美味しいものは他になかった。

今なら星の数を頼りに話題の人気店を事前に調べて、地図アプリを使い迷うことなく目的の店まで辿り着くことができるだろう。スマホの翻訳機能を使えば店の人とも会話できるから、きっと失敗や間違えは少ないと思う。

フランス語が全く話せないがゆえの珍事もたくさんあった。

フランスには自動販売機が少ないが、訪れた美術館に封筒の自動販売機があった。それが物珍しくまじまじと観察していると、ひとりの紳士が私に近寄りフランス語で話しかけてきた。全く言葉を理解できない私は「封筒の自動販売機が珍しくて見ていたんです」という気持ちで自動販売機を指差した。

すると、紳士はおもむろに財布を取り出して、自動販売機にコインを入れて封筒を購入した。そしてその封筒を私に差し出して、にっこり微笑みそのまま立ち去っていった。

突然の出来事に、封筒を手にしたまま呆然《ぼうぜん》と立ちすくんでいたところに、友人がトイレから戻ってきた。

「みのりちゃん、封筒買ったの？」

「いや、通りすがりの紳士がそばにやってきて、この自販機で封筒を買って私に手渡して、そのままどこかへ行ってしまったんですよ」

それを聞いた彼女は、ひとり笑い始めた。日本人は若く見えるようで、紳士には私が、封筒がほしいけれど買うお金がない可哀想な子供に見えたに違いないと友人は推測した。彼女自身も二十代の頃、初めてのパリで子供と勘違いされてお酒を出してもらえなかった経験があるそうだ。

自分の感覚だけを頼りに町を巡った初めてのパリで、今では絶対に得ることができない貴重な体験ができた。町の人たちは私たちのつたない言葉に真剣に耳を傾けてくれて、身振り手振りで懸命に道を教えてくれた。迷った先で、直感だけを頼りに入った店の料理やお菓子が、頬が落ちるのではないかと思うほど美味しかったときの喜びはひとしおだった。

町歩きの楽しさを教えてくれたパリ

町中のあらゆる景色が新鮮かつ刺激的で、目的の場所までなるべく地下鉄を使わず、歩きながら自分たちの宝物を見つけていった。憧れのパリを散策したことで、私は町歩きの楽しさを再発見した。

そして今、初めて訪れる土地は、できるだけ徒歩で巡るようにしている。そうすることで町の本当の表情が見えてくるからだ。それを教えてくれたのはパリの町と、そこに暮らす人たちの優しさだった。

桜を想うとき

二十代、初めての海外旅行の行き先は、幼い頃からいつか旅したいと夢見ていたフランス・パリ。到着してしばらくは、石造りの建物が続く美しい町並みや、凱旋門《がいせんもん》やオペラ座など数々の歴史的建造物の迫力に圧倒されるばかり。数日過ごしてようやくパリにも少し慣れて、花の都の石畳の道を軽やかな足取りで歩くことができた。

憧れの地で経験した緊張と戸惑い、そしてそれ以上の胸が高鳴る思い出をどっさり抱えて帰国すると、いつのまにか日本は春爛漫《らんまん》。旅立つ前はまだ蕾《つぼみ》だった桜が咲き誇り、空港から家までの車窓の向こうのそこかしこに薄紅色が広がっていた。パリ滞在中は寒空が続いていたので、草花が萌える日本の春を前に、季節をひとつ一気に飛び越したような感覚になった。

住まいがあった中目黒の目黒川沿いの桜並木は、今でこそ大勢の見物客で賑《にぎ》わうけれど、当時はまだ地元の人が散歩途中に楽しむほどで、のんびりと桜を愛《め》でることができた。人もまばらな平日の昼間、ともにパリを旅した友人の車で満開の桜のアーチをくぐり抜け、まばゆく視界を埋め尽くすピンク色の花を、目を細めて眺めた。

外の世界を知ることで改めて、身近な存在の価値に気がつくことがある。花より団子に夢中だった自分が、新たな季節の到来を祝うように可憐《かれん》に色づく桜の花に、こんなにも胸を打たれるとは思いもよらなかった。

空を飛び海を超え、いくつかの国を旅した帰路、春でも夏でも秋でも冬でも、必ずフランス帰りに見た満開の桜を思い出す。桜は寒さ厳しい冬が終わり、新たに物事が動き出す春の象徴だ。旅をしたあとはいつも真っ新《さら》な気持ちになり、新しいなにかが始まる予感で満たされる。きっと、弾む心とあのときに見た桜の風景が重なり合うのだろう。

　桜を想うとき、品よく華やかな芳香《ほうこう》も脳裏に浮かんでくる。桜の独特な香りの主体はクマリンという成分で、葉や花を塩漬けにすることで糖が分離して甘い香りが生成されるのだそう。見目《みめ》麗《うるわ》しいだけでなく、多幸感をともなうのは、桜餅・桜あんぱん・桜茶など、美味しい記憶も蘇るからだろう。やはり私はまだ、花より団子なのかもしれない。

　桜の甘やかな香りと佳味は、明るい春の光とともに新たな予感と出会いを運んでくる、幸運の象徴なのだ。

お茶淹れたよ

お茶処《どころ》・静岡で生まれ育ったこともあり、お茶がいつでも身近にあった。町の中心部から少し外れた小高い山の一面には、のびやかに佇《たたず》む富士山と向かい合わせで深緑の茶畑が広がっている。

中学生の頃、若々しい茶葉の香りに包まれる茶摘みの野外学習に出かけるのを楽しみにしていた。お茶農家から話を聞いて驚いたのが、緑茶もウーロン茶も紅茶も、全て同じお茶の木から摘み取った茶葉から作られていること。品種や栽培法、加工の仕方や発酵の度合いによって、色・香り・味が変化すると初めて知った。

元はみな同じ茶の木から生まれたものだと認識したことで、お茶への興味がむくむくと沸き起こった。お茶について記された本を図書館で借りて読み始めると、お茶にまつわるなにもかもが面白く、ますます関心が高まっていった。お茶の歴史や産地、基本的な作法、茶器についての知識を深めていくうちに、どんな時代も、国や町の文化はお茶と密接な関係があることを知った。

無類のお茶好きである母は、朝晩の食後や休日のおやつの時間など、家族揃ってお茶を味わうひとときをとても大事にしていた。普段と違う特別なカップで母が紅茶を淹《い》れてくれる、休日の少しかしこまったお茶の時間は、家族との大切な記憶だ。

食事が済むと早々に食卓を離れようとする私を、母は必ず大きな声で呼び止めた。

「お茶淹れたよ。気持ちが切り替わるから、一杯飲んでから自分の部屋に行きなさい」

たしかに数口でもお茶を味わうと、寝起きでぼんやりとした頭がしゃきっと冴えたし、一日中走り回って疲れ果てた日でも、安らかな心持ちで就寝まで過ごすことができた。

旅に出ると、訪れた先で必ずその土地に根づくお茶を買って帰るのは、少女時代のお茶にまつわるさまざまな体験や習慣からだ。我が家の台所にはお茶を集めた棚がある。自分で求めたものだけでなく、おみやげにいただいたものもあり、日本各地、世界各国のお茶が顔を揃えている。

そこから朝・昼・おやつ・晩・眠る前に、ときどきの気分で好きな味を選び、一日に何度もお茶を楽しんでいる。深い旨味、まろやかな甘味、滑らかな渋味、みずみずしく華やかな果実の香り、ふんわり優しく心がほどける香り。豊かな香味とともに、馴染みの町から見知らぬ遠い国まで、詩的な情景が脳裏に浮かんでくる。

それぞれのお茶が土地土地の記憶を携えて、私の元へと辿り着いた。部屋の中にいながら、どこかへ旅しているような、日常の外の世界に一瞬で連れ出してくれるのがお茶のいいところだ。快《こころよ》い香りに包まれながら、またいつの日かお茶が生まれた場所で、その土地の風を感じながら佳味を堪能する自身の姿を思い描く。

静岡おでんの記憶

地方独自の食文化が注目されるようになり、静岡おでんはすっかり有名になった。戦後、当時は廃棄されていた牛スジや豚モツを煮込んだ出汁を使い、駿河湾で獲れた魚介類の練り物でおでんを作ったのがその始まり。

よく煮込んだ種に、ダシ粉と呼ばれるイワシの削り粉と青のりをたっぷりとかけていただく。濃口醤油を入れるため出汁は真っ黒で濃厚に見えるが、食べてみるとその見た目とは裏腹にとてもあっさりしていて、軽やかに何本でも食べられる。

静岡おでんは何本と数えるが、それはたいていの店で種が串刺しになっているから。かつては子供のおやつとして食べられていて、静岡市内の駄菓子屋には必ずおでんを煮込む鍋があったそうだ。湯気を上げる鍋から好きな種を取り、食べた串の数で勘定する。その駄菓子屋の慣習が、静岡おでんの決まりごとのひとつとして受け継がれている。

静岡市のおでんの店を巡ってみると、それぞれ個性があって奥深い。駄菓子・おにぎり・焼き芋《いも》・かき氷など、一年中さまざまな食とおでんが隣り合わせで並び、誰もがあたりまえにそれらを交互に楽しんでいる。

おでんとお酒という定番の組み合わせが味わえる三河屋は、通称・おでん横丁と呼ばれる青葉横丁の東側に赤提灯を提げている。青葉通りに七十軒近くひしめいていたおでん屋台から独立した酒場としては最古参だ。

戦後まもない昭和二十三年、リアカー屋台から始まった。先代から受け継いだ二代目大将の人柄もあって、四坪ほどの店は常に超満席。大将が立つコックピット然としたカウンター前には、おでん鍋と揚げもの鍋、焼きもの用の炭火網が並び、舞台を鑑賞するように料理の完成までをじっくりと眺めることができる。おでんの出汁も、串揚げのソースも創業からの継ぎ足しで、うまみと店の歴史がぎゅっとしみ込んだ名脇役である。

静岡おでんの定番種といえば、やはり黒はんぺんだろう。はんぺんと聞いて白い練り物を連想する人が大半だと思うが、静岡の黒はんぺんは青魚を骨まで丸ごとすり身にするため灰色をしている。白いはんぺんと区別して、この灰色の練り物を黒はんぺんと呼ぶようになったが、静岡の人たちにとっては黒はんぺんこそが定番。一般的な白いものを白はんぺんと呼ぶこともあるそうだ。

私のお気に入りの食べ方はフライで、とりわけ三河屋の黒はんぺんフライは絶品中の絶品。揚げたてにあっさり味のソースをたっぷりかけて頬張ると、奥の方からシャリッとした青魚の骨粉の食感が顔を出し、噛めば噛むほど旨味が増していく。

静岡浅間《せんげん》神社の門前通りに店を構えるおがわも、戦後に店を始めた一軒。砂糖や酒が高価だった創業時より継ぎ足される黒い出汁の味つけは、牛スジと醤油のみ。そこへ定番の黒はんぺんや、たらのすり身を油揚げで巻いた信田巻《しのだまき》などを入れてじっくり煮込めば、練りものからじんわりまろやかに、旨味がにじみ出る。

氷の卸販売もする店らしく、季節限定でかき氷がメニューに加わる。毎夏かき氷が始まると、遠方からわざわざ食べにやってくる常連がいるほどで、この店の夏の顔になっている。きめが細かくふわふわっとした氷の上にたっぷりとかかった静岡産のいちごや甘夏を煮詰めた自家製シロップは、氷が溶けて器に残る最後の一滴まで飲み干さずにいられない。熱々のおでんと冷えたかき氷の組み合わせは、静岡では決して珍しくない夏の定番コンビだ。

静岡浅間神社から東に向かうと〝おでん〟と〝氷〟の文字が描かれた二枚の暖簾《のれん》がともにはためく、ひと昔前の風情をとどめた平屋建ての店・大《おお》やきいもに辿り着く。明治時代の創業で、百年以上の歴史がある老舗だ。

名物は塩を敷いた大釜で蒸し焼きする、紅あずまと安納《あんのう》芋の焼きいも。塩分を含んだ蒸気を吸い込み、ほっくりとした甘さの中に絶妙な塩梅《あんばい》で塩気が顔をのぞかせる。甘い蜜とゴマをからめ、外側はカリッと、中身はしっとりと仕上げた大学芋とともに愛される、店名通りの看板娘である。

この店でも、おでんとともにかき氷が人気を博している。素朴で懐かしい風味のカンロやさまざまな味をいちどきに楽しめるレインボーなど三十種類以上もの蜜がある。蜜だけではなく、あずきも白玉もすべて自家製で、地元では夏の風物詩となっている。

小舞台のようにおもむろに置かれた小上がり席、壁の写真や古時計、もくもくと働く熟練の店員たち。店内のなにもかもが心地よく、気取らないその空気に魅了され、静岡を訪れたときには必ず足を運んでいる。

まるしまの朝は早い。朝六時半、ショーケースにおにぎり・のり巻・いなり寿司・おはぎを並べ、鍋にぎっしり串刺しのおでんを詰め込んだら開店。静岡駅南口から徒歩三分と、駅から最も近い昭和三十八年創業のおでんとおにぎりの店だ。

モーニングおでんが味わえるため、常連にまぎれ旅人もちらほら。ところどころに観光みやげや民芸品が飾られた素朴な店の造りは、親戚の家に遊びにきたようで安心感を与えてくれる。これから出かける人、帰る人、どちらもの空腹と心の隙間を家庭的な味で満たしてくれる。

開店と同時に次々やってくる出勤前の常連の定番は、おにぎり二個にみそ汁とおしんこがついて三百円の朝食セット。うめ・おかか・こんぶなど、おにぎりの具は数種類から選べるが、お馴染みさんは「いつもの」で通じる。大概の客は、おでん鍋の中からお気に入りの種をいくつか追加する。そして誰もが黙々と食事を済ませ、足早に職場へと向かう。

永遠に続くように思っていた、穏やかなその風景は突然終わりを迎えた。静岡の人々の胃袋を満たしみんなを笑顔にしてきたたまるしまは、二〇二〇年に惜しまれながら五十七年の歴史に幕を閉じた。

静岡へ旅するときは、朝一番にこの店を訪れるのがなによりの楽しみだった。新幹線を降りた十分後にはおでんがぎっしり詰まった鍋を前に、どの種を食べようかと頭を悩ませていた。その楽しみを失って初めて、代わりがない唯一無二の店だったことを実感した。きっと私以上に、毎朝のように通っていた地元の常連たちは、心にぽっかり大きな穴が空いてしまったような喪失感を抱いているだろう。

近年、個性豊かな個人経営の店がどんどんと姿を消し、代わって全国どこにでもあるチェーン店が増えている。どの土地を旅しても、駅前には同じような店が並んでいて、町の表情が失われている気がしてならない。すでに閉店した店を仔細に綴《つづ》ることに違和感を覚える人もいるかもしれない。しかし私は、静岡駅前にまるしまというかけがえのない店があった記憶を書き留めておきたい。

第二の故郷・田辺

和歌山県田辺市へ通い始めて十年以上経つ。多い年は季節ごとに訪れていて、以前は何回目と数えることができたが、それもすっかり曖昧《あいまい》になった。もはや第二の故郷と言っても過言ではないほどで、ここ数年は実家へ帰省するより多くの時間を田辺で過ごしている。

いろいろな土地を旅してきた。それぞれに異なる魅力があり、大好きな町がいくつもある。その中でも田辺は、私にとってとりわけ大切な場所だ。また訪れたいと思う町はいくつもあるが、実際に季節ごと、年に何度も足を運んでいるのは田辺だけだ。

紀伊田辺駅周辺はチェーン店が少ない。代わりに朝も昼も夜も、個人が営む店で土地のものが味わえる。ほっぺたが落ちるかと思うほど美味しい魚料理や麺料理、昔ながらの喫茶店やパン屋、甘く愛らしい素朴なお菓子。美味だけではない。子供や犬が波と戯《たわむ》れる穏やかな海岸、ゴロゴロと実がなるみかん畑や梅畑、偉人ゆかりの趣《おもむき》ある旧居や神社。近年、日本全国どこの町も画一化され個性が失われかけているが、田辺にはここでしか出会うことができない景色が残っている。

それらは、地元で暮らす人々にとってはあたりまえの日常だろう。しかし私にとっては、いつか体験したような懐かしさと非日常を同時に感じることができる、かけがえのない場所なのだ。

静岡県富士宮市で生まれ育った私は、大阪の大学を卒業したあと、数年間を京都で過ごした。約七年間、関西で暮らしていたが、その間に和歌山県田辺市を訪れたことは一度もなかった。東京で暮らし始めてからも赴《おもむ》く機会はなかったが、あるお菓子が私と田辺を繋いでくれた。

十年以上前のこと、和歌山出身の知人から美しい包装紙に包まれたお菓子をもらった。包みを解くと可憐《かれん》な花柄の箱が現れた。静かに心をときめかせながら蓋を開けると、初見のはずなのに懐旧《かいきゅう》の情にかられる銀色の包み紙が顔を覗かせた。包み紙の中には、白く端正なケーキ。それをひと口食べた瞬間、私はすっかりデラックスケーキの虜《とりこ》になっていた。

それからというもの、私はことあるごとにデラックスケーキについて書き記すようになった。それがデラックスケーキを製造販売する鈴屋菓子店店主の目に留まったようで、ある日手紙をいただいた。そのことをきっかけに店主との手紙のやりとりが始まった。手紙を出すたび「近いうちに田辺に行きます」と綴《つづ》っていたものの、なかなかその機会を持つことができなかった。

ところがしばらくして、デラックスケーキを紹介したことを契機に、田辺商工会議所からお菓子に関する講演会への出演依頼をいただき、ようやく念願だった田辺を訪れることが叶った。

初めて田辺を訪れたときから、不思議と懐かしさを感じていた。それはきっと私の出身地である静岡の人たちと、田辺の人たちの人柄がよく似ていたからだろう。みんな優しく穏やかで、すっと溶け込むことができた。これまでさまざまな土地を旅してきたが、こんな感覚は初めてのことだった。

人柄だけでなく風土もそっくりだ。温暖で海と山が近くにあり、柑橘《かんきつ》類の生産が盛んで、魚介類が新鮮で美味しい。他の土地にないご当地グルメとも呼べる郷土麺料理（田辺の江川ちゃんぽんと富士宮やきそば）があるという点も共通している。

田辺市が所在する紀伊半島南部はかつて熊野と呼ばれていた。古来人々は熊野を神聖な地として崇《あが》め、たくさんの人が参詣に訪れた。いにしえの人たちと同じように、私にとっても田辺は特別な土地である。この町の空気を思いきり吸い込むことで、不思議と活力が湧いてくるのだ。

今では友人も増え、馴染みの店も数えきれないほどある。最初は仕事として赴く場所だったが、いつしかここで暮らす友人たちと会うために訪れる町になった。

通い始めて随分経つけれど、町は少しずつ変化している。あり続けてほしいと願っていた大好きな店や場所がなくなってしまうこともあるが、新しい風景も次々と誕生している。田辺の人たちと一緒に、町の移り変わりを見守り続けている感覚だ。自分の故郷や暮らす町ではない土地でそんな経験をしているのは、とても稀有《けう》で貴重なことだ。伝統あるものを大事にしたい気持ちもあるけれど、変わっていくことは決して悪いことではないとも思う。

しかしながら今の田辺にはまだ、他の土地にはなくなってしまった懐かしい景色が残され、受け継がれている。ひとりでも多くの人が田辺を訪れ、ここに流れる穏やかな風を体感してほしいと心から願っている。いかにも観光地然とした派手さはないけれど、デラックスケーキを目にした瞬間に感じた、初めてなのに懐かしい感覚と、じんわりと広がっていく優しさがここにはある。私たちが失いかけている風景がたくさん残る、暮らすように旅することができる、おおらかで豊かな土地だ。

　元気に体が動く限り私は田辺に通い、この地で季節の移ろいを感じながら、変わることのない風景も、変化も見届けたい。田辺には、目には見えないけれど大切ななにかが宿っている。

ティーソーダとベルガモット

イタリア南部が原産地といわれるベルガモット。見た目はレモンほどの大きさで、コロンとまあるい柑橘の一種。苦味が強いため、果実をそのまま食べたり、絞ってジュースにすることはできない。しかし柔らかく甘い香りには、強張《こわば》った気持ちをほぐし、緊張を和らげる効果があり、古くから人々に愛されてきた。果皮から採取した精油は、香水やアロマテラピーなど広く用いられている。

私が初めてその名を聞いたのは、フレーバーティーのひとつであるアールグレイ。アールグレイはイギリスの外交官・グレイ伯爵《はくしゃく》が、中国滞在中にベルガモットでお茶に香りをつける技術を知り、母国に持ち帰ったのが始まりとされている。アールは伯爵の意で、つまりはグレイ伯爵と名づけられたお茶なのだ。

日本でベルガモットは限られた地域でしか栽培されていない。名前を聞いたことはあっても、実際にその果実を手にしたことがある人は多くないだろう。みかんをはじめ、柑橘類の里として知られる和歌山県田辺市のいくつかの農園が栽培しており、私が案内役を務める催事で田辺産のベルガモットを紹介することになった。

果実を輪切りにした途端、ベルガモットの甘くみずみずしい華やかな香りが辺りに広がる。その瞬間、会場がなんともいえない幸福感に包まれ、客席から一斉に感嘆の声があがった。

日の出前から、海や畑で作業を始める漁師や農家が多い田辺。海や山から届く風が清々《すがすが》しく、町中に降り注ぐ凛《りん》と澄んだ光の中、朝早くから海辺に向かい散歩する人々の姿があちらこちらに見受けられる。

自ら商いを営む人が多いからか、社交場的な喫茶店が点在している。くるくる、ちかちか。喫茶店の看板脇に置かれた赤や黄の回転灯が瞬《またた》いていたら、営業中の合図。朝早くから開ける店には、すでに畑や海でひと仕事終えた人や、これから仕事に向かう人が集う。休みの日には家族連れや散歩の途中にひと休みする人たちが、実に朗《ほが》らかに語らい合っている。駅前の市街地から海辺、山のみかん畑の近くまで、町中に昔ながらの個性的な喫茶店があり、今日もいつもの時間に顔馴染みを迎える。

この町と親しくなる一番の近道は、地元の人が通う喫茶店で朝の時間を過ごすことだろう。田辺を訪れたときは早起きをして喫茶店に向かう。田辺の人たちがいつもの言葉で会話を交わす温かな雰囲気に包まれると、ここに暮らすひとりになれたような気がして心嬉しい。喫茶店の大きな窓から差し込む柔らかい朝日に溶け込むうち、いつのまにか長閑《のどか》な空気にすっと馴染んでいる。

田辺のたいていの喫茶店のメニューに、甘い紅茶を炭酸で割ったティーソーダがある。初めて田辺の喫茶店に入ったとき、コーヒーよりも目立つところにティーソーダの名が記されていた。たまたま入ったこの店が特別なのだろうと思ったのだが、次の店もまた次の店も、ティーソーダの文字が大きくメニューに並んでいた。地元の人に「ティーソーダはよくあるメニューなんですか？」と訊《き》くと「え、他所《よそ》にはないんですか？」と、あるのが当然だという表情で驚かれたこともある。

私が暮らしている東京の喫茶店ではめったに見かけないし、学生時代に大阪の老舗の喫茶店でアルバイトをしていたが、ティーソーダはそこにもなかったはずだ。このことに気づいてから、田辺の喫茶店を訪れるとティーソーダを注文せずにはいられなくなった。普段は無糖紅茶派の私も、今ではティーソーダの優しい甘さに魅了され、飲むたびほっと癒《いや》されている。

田辺でベルガモットを栽培していると知ったとき、真っ先に脳裏に浮かんだのがアールグレイだった。

「ティーソーダにベルガモットを合わせたら、美味しいに違いない」

手に入れた田辺産のベルガモットの輪切りをティーソーダに浮かべたところ、想像以上の佳味に驚いた。先の催事でもベルガモットを添えたティーソーダを来場者に提供したが、誰もが深い香味の虜《とりこ》になっていた。

アールグレイが定番になったように、いつかベルガモット風味のティーソーダが世界中で飲まれる日が来るかもしれない。もしも私が新しい美味の名づけ親になれるとしたら、この飲み物をタヽナヽベヽと命名したい。

ただいまと言える町

和歌山県田辺市を第二の故郷と記したが、私には「ただいま」と言える町が他にもいくつかある。数年に一度必ず訪れる土地に対して、他の町とは違う、旅先と故郷の中間のような特別な感覚を抱いている。やはり田辺と同様に、第二の故郷と呼ぶのが一番しっくりくる。つまりは私には第二の故郷がいくつもあるのだ。

一緒にパリを旅した友人が大分県別府市に移住してから、定期的に訪れるようになった。日本有数の温泉地のひとつで、数百もの温泉が湧いている。町中には数百円で入れる公衆浴場が数えきれないほどあって、訪れるたびさまざまな温泉をハシゴしている。三泊四日で行くことが多いのだが、滞在中にいつも日に二、三軒の温泉を訪ねる。

温泉以外にもうひとつ、必ず足を運ぶ場所がある。それは昭和四年に創業した九州最古の遊園地・別府ラクテンチ。未だ昭和の雰囲気を色濃く残していて、非日常を味わうことができる場所だ。名物である、日本唯一といわれる花のような形をした二重式の観覧車・フラワーかんらん車に乗り、別府湾を望むと日々のモヤモヤも一掃される。

この遊園地以外にも、町中のそこかしこに昭和の面影が残っていて、散策しているだけでタイムスリップしたような心持ちになる。今では二年に一度、この町で温泉にとことん浸かり、日々の疲れをすっかり落とすことが慣習になっている。

北海道の釧路《くしろ》も、数年に一度足を運ぶ大切な場所だ。釧路は日本最大の湿原、釧路湿原が控える雄大な土地で、豊かで広大な自然を満喫できる。

この地で目の当たりにした、未だ記憶に深く刻まれている光景がある。

夜、ホテルの窓の外を眺めると、足跡ひとつない白銀の世界がどこまでも広がっていた。二重窓を閉め切っているので外の音は一切聞こえないはずなのに、降り積もっていくしんしんという雪の声が聞こえてくるようだった。

窓に顔を近づけて、さらにまじまじと外を見つめたが、上も下も右も左も、見えるもの全てが美しい純白で包まれている。ここは一体どこなのだろう。部屋の中にいながら、真っ白い世界の真ん中にポツンと佇《たたず》んでいるような不思議な感覚になった。

ずっと白い世界に浸っていたい。いつしか心は無になり、自身も純白に溶け込んでいくようだった。

「ただいま」と言いながら訪れる町は、自身を見つめ直し、本当の自分に戻るための大切な場所だ。こんな土地が日本各地にあることがとても嬉しい。そんな町が増えるといいなと願いながら、私は旅を続けている。

この世界の片隅に

旅先で映画を観ることが好きだ。ずっと行きたいと思っていた、昭和二十四年開場の老舗映画館・別府ブルーバード劇場で、朝一番の上映回を観た。最初はひとりきりの貸し切り状態だったが、少しして年配のご夫婦が私の並びの席に座った。

その日上映されていた作品はアニメ映画『この世界の片隅に』。別府在住の友人に薦められて観たのだが、自身の記憶と重なり序盤から最後までズルズルと鼻をすすりながら、涙でぼやけたスクリーンを凝視した。気づくと隣からも鼻をすする音が聞こえてきて、劇場内に三人が発するズルズルという音が終始響いていた。

上映後すぐ、この映画の舞台となった広島県呉《くれ》市を旅することを決めたのは、果たすことができなかった祖母との約束を思い出したからだ。

呉はかつて東洋一の軍港といわれていた。『この世界の片隅に』は戦時中にこの地で暮らしていた少女・すずさんが主人公の物語。

祖母は海軍士官として働く男性と結婚して、戦時中は呉で暮らしていた。しかし戦争で夫を失い、戦後に生まれ故郷である静岡に帰郷した。その後、同じく戦争で妻を失った祖父と再婚し、そうして誕生したのが私の母だった。

子供の頃、祖母はよく呉での戦時中の暮らしについて話してくれた。戦争中で大変なこともたくさんあったけれど、呉の町が大好きだった祖母。夫が亡くなったあとも呉で暮らしたかったが、戦後まもない頃に小さな子供を身寄り頼りがない町で育てていくことができず、後ろ髪をひかれながら実家に戻ったそうだ。母には異父兄弟がいて、一時期は十人を越える大家族で暮らしていた。

　戦争で配偶者を失った同士の再婚だったゆえなのか、祖母は気兼ねなく戦死した夫の話をしていた。

「亡くなった旦那さんのことが、私は本当に大好きだったの。みのりが大きくなったら呉に連れて行ってくれない？　暮らしていた頃は戦時中で大変だったから、平和になった今の呉を見てみたいな」

　しかしその約束を果たす前に、祖母は天に旅立ってしまった。『この世界の片隅に』の主人公のすずさんと亡き祖母の姿が重なり、今すぐに呉を訪れなければならないという気持ちに駆られたのだった。

　それからしばらくして、祖母から譲ってもらったハンカチを鞄に入れ、呉まで一人旅に出かけた。

呉の町中を流れる境川沿いを歩いていると、偶然にも川辺に佇《たたず》む大きな鷺《さぎ》と遭遇した。じっと眺めていると鷺はこちらを振り返り、次の瞬間遠くへ羽ばたいて行った。『この世界の片隅に』劇中の重要な場面でも鷺が登場する。呉を訪れて早々に出会った鷺は、映画の世界から飛び出してきて私を迎えてくれたのではないかと錯覚した。

あたりが橙色に染まり出した頃、境川近くに屋台が並ぶ一角を見つけた。その中の一軒、富士山が描かれた暖簾《のれん》を掲げた富士さんという店が目に留まった。

不思議な縁を感じて暖簾をくぐると、小学校低学年くらいの小さな男の子がお手伝いをしていた。どうやら店主の息子のようで、かいがいしく片づけを手伝っている。まだ夕方の時間帯で客は私以外に一組だけだった。常連らしき客は店主と楽しくおしゃべりをしていた。一人旅だった私に気を遣ったのだろうか、少年が話しかけてくれた。

「ねえ、どこから来たの？」

私は暖簾の富士山の下の方を指差して
「このへんかな。富士山の麓《ふもと》の町から来たの」

と答えた。すると少年は目を輝かせながら次々と質問を投げかけてきた。

「え、富士山みたことあるの？　スゴイ！」

「富士山、いつも見てるよ」

「ぼくも富士山みたいな」

「大人になったら富士山を見られるし、一番上まで登ることもできるよ」

「うん、大人になったらぜったい富士山のぼる！」

祖母が戦時下に暮らした呉で、偶然入った富士さんという名の屋台。そこで出会った男の子と、祖母が生まれ晩年まで暮らした富士山の話ができたことがなにより嬉しかった。

帰省した折、祖母の遺影に手を合わせて、心の中で話しかけた。

「呉、とっても素敵な町だったよ。こんな美味しいお菓子も見つけたの」

呉で求めた広島銘菓・バターケーキを祖母にお供えした。美しい箱に収められたバターケーキは、平和で美しい今の呉を象徴するような優しい甘味だった。

松本民芸家具

「人に人柄があるように、物にも物柄があるんだよ」

松本民芸家具の創設者・池田三四郎が残したこの言葉がとても好きだ。性別・年齢・家柄・学歴・職業を越えて、ひとりの人間の価値観や美意識、歩んできた道のりや日常の積み重ねからにじみ出るのが人柄で、先入観なく相手に感じる敬愛に嘘はない。それが物にもあることを、私も日々の暮らしの中で常々感じている。

この言葉の元には、大正から昭和にかけて柳宗悦《やなぎむねよし》が提唱した民芸運動がある。柳宗悦は、名もなき職人たちが普段の生活のために生み出した品々の中に、美術品とは違う何気ない美しさや輝きを見出した人物だ。

松本は日本一の和家具の生産地として全国にその名を轟《とどろ》かせていたが、戦争で栄華は失われていた。故郷・松本の木工業を復活すべく、池田三四郎が腕利きの職人を集めて洋家具を作り始めたのは戦後まもない昭和二十三年のこと。まだ畳と座卓があたりまえだった時代に、濱田《はまだ》庄司《しょうじ》、河井寛《かわいかん》次郎《じろう》、バーナード・リーチら先達に指導を仰ぎながら、民芸とクラフトの町、と呼ばれる現在の松本の基礎を築いていった。

松本民芸家具は主に、ミズメザクラという木で作られている。ずっしりと重厚感があり、とても硬くて丈夫で、家具に最適な木材だ。しかしその分加工が難しく、美しく仕上げるには熟練した技術が必要となる。

かつて和家具で名を馳《は》せた時代のいいところを取り入れた、和室にも調和する美しい洋家具は、定番品だけで八百を数える。深みのある艶《つや》やかな質感は使い込むほど味わいを増していき、流行に左右されることのない不変性を持っている。暮らしの一部として親から子へ受け継がれていく、使いながら人と物が磨き合える家具は、経年の傷さえ心を和ませてくれる。

設計・木取り（家具の部位に応じて木材を選び、型を抜くこと）・部品加工・組み立て・塗装、その全ての工程が職人の手作業で行われる。工房にはさまざまな職人がいるが、椅子や収納棚など専門分野ごと、ひとつの家具の製造はひとりの職人が一貫して手がけている。興味深いのは徒弟《とてい》制度が守られていること。約十年間の下働きを経て、師の元でいよいよ家具作りが始まる。

迷路のように複雑な構造の工房の中には、職人各々の作業場があり、師と弟子が隣り合わせで粛々《しゅくしゅく》と仕事に打ち込む。新しい家具にとりかかるたび道具を自作し、鉋《かんな》だけでも百種類近くあるそうだ。

工程の最後、家具の裏に入れる銘《めい》は、完成した家具に対する職人の責任を表し、誰が作ったかを明確に示す証《あかし》になっている。修理を受ける際は自分のものだけではなく、すでに引退した師の作も手がける。完成して終わりではなく、代々愛用してもらうことを前提とした家具ゆえに、徒弟制度の伝統がしっかりと続いている。

松本ホテル花月、和菓子店・開運堂、喫茶まるもなど、松本の多くの老舗が松本民芸家具を長年使い、味わいをたたえた家具たちが町の風景を織り成している。松本を歩きながら実直な町柄を感じたのは、家具を通してこの地に民芸の精神が根づいているからだろう。一見素朴だけれど気丈で温かな物柄に触れるうち、自ずと人柄も丸っこくしなやかになっていく。

美濃和紙

パソコンやスマホを利用する機会が増えて、文字は紙に書くものではなく画面上に打つものとなった。伝達手段としては、当然メールの方がずっと便利だ。しかし私は、人が手を動かして紙に書いた文字が好きだ。ごく短い一文であったとしても、そこには人柄がにじんでいる。きちんとした手紙でなくても、紙片に書いたメモにさえその人の個性が見て取れて、愛《いとお》しく感じてしまう。

紙そのものに安心感を覚えることも理由のひとつだ。紙の歴史は長く、その起源とされる古代エジプト文明の頃に使われていたパピルスから数えると五千年にも及ぶ。近年、電子書籍が随分と普及してきたが、私はどうしても画面で読む文字が頭に残らず、紙の本でないと読書ができない性分だ。

良質な紙に文字を書くとき、不思議と穏やかな心持ちになる。それは紙こそが、文字を読み書きするための媒体として人間の遺伝子にしっかり刻まれているからではないかと想像する。

岐阜県美《み》濃《のう》市で求めた一筆箋《いっぴっせん》は滑らかに筆が走り、手紙を書き終えたあともしばらく片隅を撫で続け、封筒に入れるのを名残惜しく感じたほどだった。今でもときどき、強く美しく心地よい手触りを思い出す。

美濃で和紙作りの工程の一部が体験できると知ったとき、優しく柔らかな触感が指先に蘇った。

千三百年以上の歴史を有する美濃和紙は、美濃手漉《す》き和紙として岐阜県の伝統工芸品に指定される和紙と、機械で漉く和紙、美濃で作られる和紙全般のことを指す。中でも、原料は楮《こうぞ》のみで、伝統的な製法と道具を使い、熟練の技を有する職人が手漉きで和紙を作る技術は、本美濃紙と呼ばれている。優雅《ゆうが》な風合いで、陽の光に透かすと繊維が整然と絡み合って見える本美濃紙は、平安時代から貴族や僧侶たちに重用され、江戸時代には高級障子紙として幕府に納められていた。

完成までに大きく分けて十の工程があるが、私はそのうち次の三工程を体験した。

＊原料に付着しているチリやゴミを手で取り除く。この作業を丁寧に行うことで美しい和紙ができる。

＊漉き舟に張った水に、原料とトロロアオイの根から抽出した粘液を入れて混ぜる。それを簀桁《すけた》と呼ばれる道具ですくい、縦横に揺らしながらならす。

＊一枚ずつはがした紙を、特性の刷毛《はけ》で板に貼りつけ、天日で乾かす。

冷水に手を浸して一心にチリを取り除くうち、心のモヤまで流れていった。一定のリズムを奏でるように簀桁を揺らして紙を漉いていると、自然と心身が柔らかくなり、静かに気持ちが整った。

自身の手で漉いた本美濃紙に、慎重に筆を走らせる。あのときと同じ滑らかな筆運びに安心しながら、この優しい触感をずっと味わっていたいと思った。ごく一部ではあるが、制作工程に関わったことで紙に対する愛着がさらに増した。

経年で茶色く退色する洋紙と違い、美濃和紙はときを重ねるほど白さが増す。白い紙はまるで自身を映す鏡のようだ。ずっと真っ新《さら》な心を忘れずに生きていきたいと、美濃和紙を前に背筋を伸ばした。

伊賀組紐

　糸から作られる製品には、経糸《たていと》と緯糸《よこいと》から構成される織物、ループした糸の連続で形成される編物、経糸の束を交互に組み合わせて作られる組物の三種類がある。組物という言葉は、編物や織物より馴染みは薄いけれど、日常生活に必要不可欠な紐《ひも》も組物のひとつと知れば、ぐっと身近に感じられるだろう。

　ヘアアレンジの定番・三つ編みは、編むという言葉が入っているためわかりにくいが、三束の髪を組むことで形作られる。学生時代、毎日のように三つ編み姿で登校していた私は、知らぬまに組物の基本的な技術を身につけていたようだ。

複数の糸の束が組み合わさって独特の風合いを織り成す組紐は、奈良時代に大陸から仏教とともに伝わった。当初は経典や袈裟《けさ》の紐として用いられ、次第に王朝貴族の装束の装飾品として芸術性を増したという。

鎌倉時代は武士の道具、室町時代になると茶道具、戦国時代には鎧《よろい》の装飾に用いられるようになる。刀の下緒《さげお》として需要が高まった江戸時代には、幕府の庇護《ひご》を受けた武具・装身具の職人が互いに競い合うことで組み方も増え、その技術は格段に進歩を遂げた。明治時代に入り廃刀令《はいとうれい》が発令されると組紐は一時衰退したものの、その後、帯締めや羽織紐として生活に根づいていった。

和装品の本場・京都に近く、養蚕《ようさん》が盛んだった伊賀でも古くから組紐が作られていたが、組紐の産地として発展したのは明治三十五年から。東京で江戸組紐の技術を会得して故郷の伊賀に持ち帰った廣澤徳三郎が、糸組工場を設立したことに始まる。

色とりどりの絹糸や金銀糸を組み糸に用いて美しく組み上げた伊賀組紐は、しなやかで華やかな光沢を放ち、光に映える。その組紐の帯締めや小物類は、日本の伝統文化として海外からも高く評価されている。

アニメ映画『君の名は』にも、物語の重要な鍵として組紐が登場する。世界中で大ヒットしたこの作品の影響は大きく、とりわけ若い世代から注目を集めるようになった。ストラップやアクセサリーなどの小物が大人気で、組紐体験を目的に伊賀を訪れる人も増えたそうだ。

上野城の城下町であり、伊賀街道や奈良街道の交通の要所で、宿場町としても栄えた伊賀市。今も風情ある町並みが残り、伊賀流忍者の里、松尾芭蕉の生誕地としてもよく知られている。

あるとき、伊賀街道沿いの古民家を改装した工房を訪れ、組紐作りを体験させてもらった。大きく分けると七つの工程がある組紐作りは、基本的には分業制。組台を使って手で糸を組む作業は熟練の職人の仕事で、それぞれに得意とする組み方があるそうだ。

同じ動きの繰り返しが複雑に見えて最初は不安を抱いたが、要領を得てからは一定のリズムが身につき、楽器を演奏するような楽しさを覚えた。手を動かすうちにコツを掴《つか》み、いつしか組紐に没頭していた。

完成したブレスレットを手にしたとき、学生時代の三つ編みの時間を思い出した。毎朝鏡に向かい「今日一日がうまく過ごせますように」と祈りながら三つ編みを結っていた。

絹糸を使う伊賀組紐は、華やかな光沢と上品な美しさがあり、柔軟でありながら芯はしっかりしている。私もそんな風に生きられたらと、今は組紐のブレスレットをここぞというとき、お守りのように身につけている。

駿河和染

落語を観に行くようになって、江戸時代には日本人の暮らしの中に染物があたりまえのようにあったことを認識した。人々が日常使いしていた布物のほとんどが染物だったと言っても過言ではないだろう。

着物や浴衣《ゆかた》、暖簾《のれん》や座布団、手ぬぐいや巾着《きんちゃく》、家具の装飾扉まで、寄席にあったり、噺家《はなしか》が身につけていたりする。はたまた落語の演目にも染物が登場する。たとえば古典落語『紺屋高尾《こんやたかお》』は染物屋の奉公人・久蔵《きゅうぞう》が吉原《よしわら》の花魁《おいらん》・高尾に恋い焦がれる物語だ。

静岡の実家でも、暖簾や風呂敷は染物を愛用していた。両親が好んだ意《い》匠《しょう》は、静岡生まれの染色家・芹沢銈介《せりざわけいすけ》によるもので、私も幼いながらにとてもきれいだなと心惹《ひ》かれていた。それらを求めるのは静岡市立芹沢銈介美術館の売店や、静岡市内の百貨店。両親は贈り物にも染物を選ぶことが多く、そうした買い物の折、自分用のハンカチや巾着を買ってもらえるのが心底嬉しかった。

駿府《すんぷ》城の城下町・静岡市には、紺屋町など染物に由来する地名が残り、江戸時代から染色が盛んに行われていた。大正時代に民芸運動が起こってからは、地元の職人の染色技術を高く評価した芹沢銈介が、暮らしに寄り添う芸術品・駿河和染《するがわぞめ》を職人とともに発展させた歴史がある。

駿河和染では主に、型紙を使う型絵染《かたえぞめ》や、円錐《えんすい》形の筒に入れた糊《のり》で図案を描く筒描きなどの技法を用いる中、唯一ろうけつ染めを行うのが紺友《こんとも》染色工房。江戸時代末期から続く老舗の五代目・鈴木緑さんは、祖父の代から始めた植物染料を使う手描きのろうけつ染めを得意とする職人だ。

ろうけつ染めは、正倉院宝物にも見られる日本古来の染色技法。溶かしたロウを筆にとり、布に置いて模様を描くとロウで描いた部分が白く残る。次に刷毛《はけ》を使って渋木《しぶき》というヤマモモの植物染料などで布を染めて乾燥させたあと、染料を発色させるため媒染《ばいせん》剤を引く。乾いたら色を残したい部分をロウで描き、再び染色・乾燥・媒染・乾燥を繰り返す。最後にロウを溶かし、洗い落としたら完成だ。

ロウで描いた模様は、溶かした温度、重ねたロウの厚さ、筆運びで色の濃淡が変化し、ひとつとして同じものがない。殊《こと》に緑さんの作品は色合いも筆致《ひっち》ものびやかで、しなやかさと優しさが感じられる。

緑さんは、東京の美術大学の染色学科で一通り染色の勉強をした上で、やはり自分には一点物のろうけつ染めが合っていると、祖父や父と同じ道に進んだそう。そうして広い世代に愛用してほしいと、バッグやストールなど、今の暮らしにより馴染む雑貨類の制作も始めた。

原料はスオウ・ヤマモモ・スモモなどで、薄紅色や山吹色に染め上がったストールを見つめていたら、自然の景色が浮かんできた。植物から色素を煮出す草木染めは洗うと色が流れてしまうため、繊維と色素を結びつける媒染剤が必要だ。媒染剤はアルミ・銅・チタンなど金属系の物質で、染料と化学反応することで発色し、その種類を変えることで色を調整できる。

作業工程を聞きながら、思いがけず金属の名前が出てきたとき「伝統工芸ながらこれは科学の世界だ」と驚いた。灰はアルミを、土は鉄を含んでいるが、昔の人がそれを完璧に理解していたことに感心する。自然と科学、芸術と暮らし、一見遠い世界に思えるもの同士が実はしっかり繋がっていて、古来の伝統が今も生き続けていることが趣深い。

先の古典落語『紺屋高尾』は、夫婦になった久蔵と高尾が染物屋を始め、江戸っ子たちを染物で笑顔にする場面で終わる。緑さんをはじめとする染色家たちも、今も変わらずたくさんの人を染物で笑顔にしている。

常滑焼

仕事も暮らしも自身の歩幅や価値観を掴《つか》んで、日々を楽しめるようになってきた頃、趣味のひとつに加わったのが器集めだった。忙しい朝、執筆の間のおやつの時間、仕事を終えてゆったり寛《くつろ》ぐ夕食時、料理やお菓子をお気に入りの器に盛りつけるだけで、ふっくら豊かな気持ちになる。

その頃から、友人たちを家に招いて食事会をする機会がグッと増えた。それぞれが手作りした得意料理をタッパーに入れて持ち寄り、私が集めたお気に入りの器に盛りつけて食卓に並べる。器ひとつで料理の輝きと美味しさが増すことを、そのたびに感じている。

次第に歴史ある焼き物への関心が増していき、いつしか有名な窯元《かまもと》を有する土地を旅先に選ぶようになっていた。各地で求めた器は、その土地で過ごした時間や、旅先で抱いた思いと深く繋がり、食事の時間に彩りを添えてくれる。そうしていつしか日本六古窯《ろっこよう》と呼ばれる常滑《とこなめ》・瀬戸《せと》・信楽《しがらき》・丹波《たんば》・備前《びぜん》・越前《えちぜん》を巡りたいと憧れるようになった。

念願叶って最近出かけたのは、常滑焼の産地である愛知県常滑市。常滑という地名には滑らかな地盤という意味があり、太古に存在していた東海湖の堆積物《たいせきぶつ》が、鉄分が多く焼き締まりのいい良質な粘土を生み出した。

平安時代末期、知多《ちた》半島に山茶碗《やまぢゃわん》や甕《かめ》を作るための穴窯《あながま》が数多築かれたのが常滑焼の始まり。室町時代になると壺などの大きな焼き物が廻船《かいせん》で全国各地に運ばれるようになり、海運を生かして六古窯のうち最大規模を誇った。

西欧の技術の導入で機械化が進んだ明治時代から、釉薬《ゆうやく》をかけた陶器・

塩釉《えんゆう》・煉瓦《れんが》・タイル・浴槽やトイレの生産が増え、高度経済成長期に大量生産された土管は近代日本のインフラを支えた。

市街地に続くやきもの散歩道には、坂道や崖に土管・甕・焼酎瓶を積み上げた土留《どど》め壁があるが、作為的でなくB級品を再利用しているのも、陶の町ならではの伝統が日常に馴染む風景だ。

全盛期は三百軒以上あった窯元も、現在は三分の一ほどに減少していると聞くが、先人から受け継ぐ技法を進化させながら新たな挑戦も続けている。過去にとらわれない斬新な意匠《いしょう》の常滑焼も続々と登場しており、千年の歴史を誇る焼き物作りを次世代につなぐ活動は着実に開花している。

大型の日用雑器を得意としていた常滑で、食器の生産が主流になったのはここ何十年とごく最近のこと。その中で日本一の生産量を誇り、新しい常滑焼の顔とも言えるのが朱泥《しゅでい》の急須《きゅうす》だ。原料に含まれる酸化鉄と、お茶の成分のタンニンが反応して苦みがとれる。その上、内部の表面が多孔質で、カテキンを吸着し渋みを少なくしてくれる。そのため朱泥の急須で淹れたお茶は、まろやかで優しい味わいになるのだ。

常滑は日本一の招き猫の生産地でもある。とこなめ招き猫通りの壁の上からひょっこり顔を覗かせているのは、四メートル近くもある巨大な招き猫。見守り猫・とこにゃんと呼ばれていて、つぶらな瞳で常滑の町を見守っている。

朱泥の急須と一緒に、小さな招き猫もひとつ求めた。私が選んだものは左手を上げた猫。あとで知ったのだが、右手を上げているものはお金を招き、左手を上げているものは人を招くそうだ。常滑で出会った急須と招き猫がやってきてから、ますます我が家で食事会を開く機会が増えた。それもきっと、人を招く猫と、美味しいお茶が淹れられる急須のおかげだろう。

飛騨さしこ

幼い頃からさまざまなものを集めてきたが、年齢を重ねてものへの執着心も随分となくなってきた。今は集めたものたちを、本当に大切にしてくれる人へ少しずつ譲り渡している。私はそれをもののバントタッチと呼んでいる。

人生で初めて蒐集《しゅうしゅう》したものは、おそらくハンカチだ。それは田舎の小学生が集めることができた、お洒落のための唯一の装飾品だった。ハンカチは濡れた手を拭いたり汗を拭《ぬぐ》うための実用品であるが、幼い私にとっては最重要お洒落アイテムだった。

数ある中で一番大事にしていたのは、無地のハンカチの隅に母が小さなクロスの刺繍を施してくれたもの。既製品のプリント生地とは違い少し不恰好だったけれど、指先でなぞるとデコボコした触感があるところが好ましかった。特別な日には必ず刺繍のハンカチをポケットに忍ばせた。

刺し子とは、木綿や麻などの布地に、文様を描きながら細かく糸を刺し縫いすること。今でこそ、美しい幾何学模様の図案が施された伝統工芸品として知られているが、元は薄手の布の補強や、衣類の防寒のために生まれた、庶民による暮らしの知恵。手織りでしか布を生産できなかった時代、布地は今よりずっと貴重で、刺し子は限りある物資を長持ちさせるための習慣だった。日本三大刺し子と呼ばれる津軽のこぎん刺し・青森県南部の菱《ひし》刺し・山形県庄内の庄内刺し子の他にも、全国各地に刺し子は根づいている。

山々に囲まれた飛騨《ひだ》は交通が不便で、昔は織物など多くの日用品を自作していた。女性たちは機織《はたお》りで生地を作るも、模様を染め抜く技術を持たず、紺・浅黄・渋茶の単色の着物を着るよりほかなかった。そんな制限された環境であっても、おしゃれ心を少しでも満たしたいと考えたのだろう、飛騨の女性たちは着物に自分好みの模様を白糸で縫いつけるようになった。

それはただ美しさを求めただけでなく、実用性も兼ね備えていた。刺し子をすることで風呂敷は結び目が緩《ゆる》まず、足袋は滑り止めになり、こたつの下掛けは熱が逃げるのを防いでくれた。しかし洋装の普及とともに、暮らしの知恵から生まれたその風習も次第に廃れていった。

昭和四〇年代、江戸時代の古い町並みが残る飛騨の地で、飛騨さしこと名づけて作品を作り始めた二ツ谷《ふたつや》礼子さん。家の蔵を整理するさなか、貴重品を包む大風呂敷が美しい刺し子で飾られていたのに胸を打たれ、得意な針仕事を活かして作ってみたのが始まりだった。女性は家庭を守るものという価値観があたりまえだった時代から、物産展で実演販売しながら全国を巡り、会社組織にして職人を抱え、店を持ち、岐阜県郷土工芸品に認定されるまでになった。

飛騨の働く女性の先駆けともいえる二ツ谷さんは、最初は大変な苦労をしたそうだが、それを微塵《みじん》も感じさせない優しく柔らかい笑顔がとってもチャーミングだ。何十人といる刺し子職人を束ね、今も現役で新たな作品を生み出している。

店先に並ぶのはふきん・コースター・バッグなど、どれも日常生活で使うものばかり。美しい模様が施された品々は、使うのがもったいない気がするけれど、店頭で実演を行う職人はこう教えてくれた。

「刺し子は暮らしの中で輝く芸術、用いてこそ美しいもの。たとえば、丈夫な刺し子のふきんは毎日使ってじゃぶじゃぶ洗えば、一層趣《おもむき》が増していくのよ」

刺し子は同じ模様でも、刺す人ごと異なる表情を見せる。家でできる刺し子キットを持ち帰り、自分で手を動かしてみると、不恰好だが愛嬌《あいきょう》たっぷりのふきんが出来上がった。洗い物の合間に不揃いな模様を見つめ「これはこれで、なかなか素敵だなあ」と毎日心をときめかせている。

お手製のふきんが暮らしに馴染んできた頃、幼い頃に母がハンカチに入れてくれたクロスの刺繍と、刺し子の文様がそっくりなことに気づき、ふいに郷愁《きょうしゅう》に駆られた。今も昔も変わらず刺繍はそっと暮らしに寄り添い、日々を豊かにしている。

浜松張子

旅のおみやげに郷土の食べものを選ぶ人が多いのではないだろうか。今は日本全国どこを訪れるにしても、移動に何日もかかる場所はほぼないだろう。交通が発達していなかった時代には長旅があたりまえで、みやげものにできる食品は乾物や塩漬けなどごくわずかなものに限られていた。

土地土地の郷土玩具は、そんな時代の旅のみやげものの定番だった。我が家にもかつて父が蒐集《しゅうしゅう》した各地の郷土玩具をぎっしり収めたガラス棚があり、紙・木・土など身近な材料で作る素朴な人形たちに、幼いながらに魅せられていた。数ある郷土玩具の中でとりわけ目を惹《ひ》いたのが、徳利《とっくり》を手にした酒買い達磨《だるま》と、犬に大きな車輪がついた犬ころがし。愛嬌《あいきょう》たっぷりで、和やかな表情に自然と笑みがこぼれてくる。

二体はともに、今も浜松で作られている浜松張子《はりこ》だと知ったのは、大人になり郷土玩具について調べ始めた頃だった。浜松張子は地域ぐるみで作られる郷土玩具と違い、ひとつの家系で受け継がれてきた一子相伝《いっしそうでん》の珍重な品。中でも、おもりを入れた張子に車輪をつけて転がるユニークな犬やたぬきのころがしは、他に類を見ない独自の構造だ。愛好家の間でも人気が高く、現在は五代目の鈴木伸江さんひとりが手がけるため生産数に限りがあり、手に入れることがなかなか難しい。

明治元年、旧徳川幕臣《ばくしん》・三輪《みわ》永保《ひさやす》が江戸から浜松に移り住み、官員として勤めながら江戸風の張子を作り、酉《とり》の市で売り出したのが始まりと言われている。木型に美濃和紙を貼り、乾いたら刀を使って型から抜き、切れ目を糊《のり》でつける。胡粉《ごふん》（貝殻が原料の白色絵具）を膠《にかわ》（日本画に用いられる接着剤）で溶いて表面を白く塗り、その上から彩色する。

初代を継いで息子が製作を行うも、戦争の空襲で全木型が焼失してしまう。戦後に初代の六女・二橋《ふたはし》志乃《しの》さんが木型を復活させて再び張子作りを始めたのは、貧しい時代に子供たちに玩具で遊んでほしいという思いからだった。

毎日黙々と手を動かす姑《しゅうと》を手伝い四代目となったのが、五代目の仲江さんの母・二橋加代子さんだ。仲江さんの工房には、歴代製作者の写真とともに、犬・うさぎ・たぬき・虎・猫・達磨など、先代の加代子さんが軽妙な筆致《ひっち》で描いた浜松張子の絵画が飾られている。歴代の職人たちも人形たちも、穏やかで優しい表情をしている。

家族が大切にしていたものを修理してほしいという依頼もあるが、その顔を見れば祖母の志乃さんが作ったものか、母の加代子さんが作ったものか、すぐにわかるそうだ。

「同じようにと心がけても、祖母、母、私で顔が変わってしまうんです」

先代から教わった形《かた》通りに作っても、無意識のうちにそこからはみだし、職人の特長がにじみでてしまうもの。作り手の個性の違いを愛《め》でること、それこそが郷土玩具の醍醐味《だいごみ》だと思う。人形それぞれに作り手の思いが宿っているのだ。

そして仲江さんはこう続けた。

「祖母も母も忍耐力がありました。工房にこもって行う作業は孤独だけれど、ほしいと言ってくれる方がいることが、生きがいにも誇りにもなっています」

帰省した折、久しぶりに父の犬ころがしを手にした。表情から察するに、それはどうやら我が家にある仲江さんのものではなく、先代の加代子さんの作のようだ。母から娘へと浜松張子の技が継承されてきた歴史を、その犬ころがしは語っていた。

こけしの旅

大学時代の後輩が生活雑貨の店に勤務していて、日本の伝統的な道具や郷土玩具を担当していた。全国各地を巡り優れた品々を見つけ、仕入れ交渉をするのが彼女の仕事だった。

「今度東北六県を訪れて、いろんな手仕事の道具を見て回るのだけど、一緒に行きませんか?」

私が日本の手仕事に高い関心を持っていることを知っていた彼女は、わざわざ声をかけてくれたのだった。

文筆家としてまだ駆け出しの頃だったため、経済的なゆとりはなかった。

彼女は仕事なので店から旅費が出るが、自主的に同行する私は当然全て自費で行かなければならない。相当迷ったが、いつかこの経験が役立つ日が来るはずと、しばらくの間大好きな古本屋と喫茶店に立ち寄ることも我慢し、日々の生活費を切り詰めて彼女と一緒に東北を巡ることを決めた。

最初に降り立ったのは、ずっと憧れていた宮沢賢治ゆかりの岩手県盛岡市。訪れた織物製作所は古い木造家屋を利用した工房で、作業部屋の片隅で完成した織物を、作った本人がひとつひとつ丁寧に紹介してくれた。そのあとに伺ったところも同様に家族経営の小さな工場で、手仕事で真摯《しんし》に仕上げた品を、作り手自身が案内してくれた。

買いつけの旅と聞いていたので、私は勝手にショールームのような場所を訪れるのだろうと想像していた。まさかこんな風に作業場を訪ねて、物作りの制作風景を間近で見学しながら、作り手本人から直接話を聞けるとは考えてもいなかった。無理してでも彼女の旅について来てよかったと心の底から思った。

翌日訪れた宮城県鳴子《なるこ》温泉駅で、私は衝撃の出合いをした。

「途中で温泉にも寄りたいよね。ここなんかいいんじゃない？」

次の目的地の手前にあるという理由だけで宿泊先に選んだ温泉地。降り立った駅の目の先に広がる風景は、大小無数のこけしで埋め尽くされていた。鳴子がこけしで有名だということを、なんとはなしに聞いたことはあったけれど、こんなにも町中にこけしが溢《あふ》れているとは想像もしていなかった。道路脇のポール・電話ボックス・郵便ポスト・案内看板など、目に飛び込んでくるあらゆるものがこけしで彩られていた。

近年、こけしの第三次ブームが巻き起こり、こけしを目当てに鳴子を訪れる若者も増えたが、私が初めて訪れたのはそれより随分と前のこと。高度経済成長期には第二次こけしブームがあったそうだが、町中にはもの寂しい空気が漂っていた。日曜日なのに誰一人いない駅前に、数多のこけしが佇《たたず》む光景はおどき話の世界のようだった。

駅に降り立った瞬間は異空間に迷い込んだような心持ちになったけれど、冷静になってこけしを眺めているうちに、素朴な愛らしさに次第に魅了されていった。町中を散策して、さまざまなこけしを観察していると、一体一体違う表情をしていることを発見した。いつしか好きな顔のこけしに目がいくようになり、そればかりを探している自分に気がついた。

翌日からも東北の旅は続いたけれど、私の頭の中はこけしでいっぱいだった。各地を巡るなかで、こけしは東北発祥の郷土玩具だと知り、目に映るこけしに心を奪われていた。

東北の旅から戻り、早速こけしについて調べ始めた。漠然と表情の違いから好みの顔を見つけ出していたが、東北のこけしは形や模様から十一の系統に分けられていることを知った。同じ系統でも作り手ごとに表情は異なり、手描きだからひとつとして同じものはない。

もっと詳しく知りたいと思ったが、当時は身近にこけしに関心を持っている人はひとりもいなかった。しばらくは、自分だけでひっそりとこけし愛を温めていたが、そのうち知人のイラストレーター・杉浦さやかさんがこけしを愛好していることを知った。

数年前から顔見知りではあったけれど、そこまで深い仲ではなかった。勇気を出して、こけしについて教えてほしいとお願いしたところ、鳴子を旅したときの話に花が咲き、一気に距離が縮まった。杉浦さんからさまざまなことを教示してもらい、身近にこけしの先生を得たことでますます関心が高まっていった。

そんな折、大地震が東日本を襲った。東北のこけしの産地は内陸地が多く、直接大きな被害はなかったものの、その地を訪れる人は激減していた。震災後しばらくして、私は杉浦さんと東北のこけしの産地を一緒に旅する計画を立てた。微力ではあるけれど、こけし旅の道中を綴《つづ》ることで読んだ人が東北に興味を持ち、ここを訪れるきっかけになればいいなと思いながら各地を巡った。こけしにまつわる案内役は杉浦さん夫婦、それ以外の美味しいご飯屋さん・お菓子処《どころ》・おみやげ屋・宿泊先などを提案するのは私と、いつのまにか旅の役割分担ができていた。

東北のこけし旅をきっかけに、杉浦さんといろいろな土地に出かけるようになった。ふたりとも土地土地の珍しいものへの関心が高く、互いに競うように貪欲《どんよく》に町の魅力を収集していった。

同じような感度を持って、土地土地に健気に根づく細々したものに関心を向ける仲間は多くはなく、大人になってからそんな同志ができたことが心から嬉しかった。自分と同じくらいの好奇心を持って旅をする人は、彼女が初めてだった。

「みのりがそれを二個買うなら、私は三個買うから」

そんな不毛な張り合いも、ふたり旅ではお決まりの微笑ましい光景だ。

杉浦さんは大人になってからできた、心の底から許し合える数少ない親友だ。その絆を紡《つむ》いでくれたのは、柔和な笑顔で微笑むこけしたちだった。

お茶っ子とこけし

こけしを求めて東北を旅するようになり、なにより驚いたのはその購入方法だった。愛好家が欲するこけしは、みやげ店で販売されることはほとんどなく、ましてやネット販売などしていないものばかりだ。

伝統的なこけしを作る職人のことを工人《こうじん》と呼ぶが、こけし愛好家のための冊子『こけし手帖』には、こけしのさまざまな情報とともに工人たちが紹介されていて、工房の連絡先も記されている。まずは記載された連絡先に電話をかけてアポイントを取り、その後直接工人を訪ねて製作の依頼をする。それが、こけしを手に入れるための慣習になっている。

こけしに詳しい友人に連れられて、初めて工房を訪れたときは驚きの連続だった。工房と書いたが、ほとんどの工人が自宅で作業をしていて、訪れる先は住宅地の普通の一軒家であることが多い。

「遠くからよく来たね。長旅で疲れたでしょう。まずはお茶でも一杯おあがり」

と初めて会う私たちを温かく迎え入れてくれた。

本当は優しい東北の言葉で語っているが、私にはそれを活字にすることができないため、ここからの会話も同様に記すことをご了承いただきたい。脳内で東北の言葉に変換してお読みいただければ幸いだ。全くの余談であるが、東北を旅しながら、地元の人たちが話す言葉がフランス語のイントネーションにそっくりなことを発見した。

東北地方には〝お茶っこ〟と呼ばれる風習がある。親しい人同士が集まって、お茶を飲みながらおしゃべりをすることをそう呼ぶそうだ。工人たちはみなこけしを愛する来訪者を、地元ではお馴染みのお茶っこでもてなしてくれた。山盛りの自家製漬物をお茶請けに、こたつにあたりながら世間話をするうちに、じんわり心も身体も温かくなる。

「あそこの温泉、まだ行ってなかったら入った方がいいよ」

「もし会いたい工人がいたら紹介するよ」

こんな話をしながらぬくぬくと心地よい時間を堪能していると、いつしかここを訪ねた理由を忘れてしまいそうになる。小一時間が経った頃、何度も訪れたことがある友人がこう切り出した。

「すいません。そろそろこけしをお願いしてもいいでしょうか」

「あ、そうだった。こけしだ。ごめんね。今なにも残っていないんだよ。作って送るね。何寸《なんすん》のがいいかな？」

人気の工人は常に予約がいっぱいで、作り置きのこけしはひとつもないことが多い。きっと多くの人は「それなら電話で注文すればいいじゃないか」と思うだろう。しかし工房（という名の自宅）を訪ねて、お茶っこをともにして親しくなった工人から直接求めるこけしは、みやげ店で手にいれるそれとは、たとえ同じこけしだとしても全くの別物。こうやって好きなこけしを手に入れるのが、愛好家にとっての正しい流儀だと友人は教えてくれた。

東北のこけしは形や模様の違いで、大きく十一の系統に分かれている。そして同じ系統でも工人ごとに筆致《ひっち》が異なり、愛好家にはそれぞれ推しの工人がいる。私の推しのひとりは、山形県酒田市の工人・五十嵐嘉行《よしゆき》さん。青森県大鰐《おおわに》温泉のこけし工人に弟子入りした五十嵐さんは、酒田在住ながら津軽系と呼ばれるこけしを作っていた。

友人宅にあった五十嵐さんの作品に一目惚れしてから数年後、念願叶って工房を訪ねる機会を得た。五十嵐さんもお茶っこで温かくもてなしてく

れたが、予想通りこけしは手元にひとつもなく、作って送ってくれること
になった。
　こけしをお願いしたことをつい忘れかけていた約半年後、五十嵐さんか
ら電話がかかってきた。
「お待たせして本当に悪かったね。ようやくこけしできたから、明日送
るね」
　完成したことを丁寧に連絡してくれたのだった。
　そうして手元にこけしが届いたときの喜びはひとしおだった。箱を開け、
こけしの温和な目と合った瞬間、五十嵐さんの柔らかな声が聞こえてきた。
　もう一度訪ねたいと願っていたけれど、五十嵐さんは九十七歳で旅立っ
てしまった。毎日こけしを眺めるたび、五十嵐さんの優しい笑顔が自然と
浮かんでくる。こけし愛好家たちがわざわざ足を運んで直接工人からこけ

しを求める理由を、今は理解できる。お茶っこの時間、交わした言葉、工房の匂い、それら全てがこけしの中に宿っている。

東北の郷土玩具

東北の手仕事の旅では、生活道具だけでなくさまざまな郷土玩具を手作りする工房も訪ねた。

寺社の授与品、民間信仰のお守り、節目の祝い、遊び道具と由来は違えど、風土と密接に結びつき、庶民の願いが込められた郷土玩具。全国各地にあまた分布するが、雪深い東北では、その多くが冬の農閑期の副業として、室内でも遊べる子供のおもちゃや湯治《とうじ》客のみやげに作られた歴史があり、殊《こと》に楽しげで親しみやすい。

一方、特定の祭事・時期・場所でしか入手できないもの、作り手が限られるゆえなかなか入手できないものもあり、希少性が慕《した》わしさを募《つの》らせる。数々巡った中で私がとりわけ惹《ひ》かれたのが、この三つの郷土玩具だった。

＊八幡馬《やわたうま》

青森県八戸《はちのへ》市の中心地から車で約二十分の距離にある、農村地帯の笹子《ささご》集落。田畑に囲まれた長閑《のどか》な風景の中、昔ばなしの世界からひょこり飛び出してきたような、築百五十年の茅葺《かやぶ》き屋根が目に飛び込んできた。そこで大久保直次郎さんは、代々この地に伝わる八幡馬を手作りしている。

工房には、いつのまにか居着いた二匹の兄弟猫が自由に出入りし、木馬と戯《たわむ》れたり、作業中の大久保さんの膝の上で身体を丸めてすやすや眠る。風土と暮らしと繋がりながら、脈々と受け継がれる郷土玩具作りの原風景が、ここにはそのまま残されているようだ。

八幡馬の起こりは七百年以上前。八戸は古くから全国有数の馬の名産地で、江戸時代には南部藩が櫛引《くしひき》八幡宮で馬市を開いた。そこで売られていく愛馬の安泰を祈る人が身代わりに持ち帰れるよう、農閑期の副業に農民が作る馬の木工品が売り出され、いつしか毎年九月に行われる例大祭のみやげものに形を変えていった。

素朴な中にも格調をたたえた現在の八幡馬の原型を築いたのは、直次郎さんの曽祖父。明治初期に近所の溜め池で拾った馬形の木片を手本に、木馬の玩具を作り始めたと伝わる。元々は子供が紐《ひも》を引いて遊べるよう、大小二頭の親子馬を台車に乗せたものだったが、直次郎さんの父である三代目が、一頭でも飾りとして見栄えするようにした。それが八幡馬の基本の形となり、今なお作り続けられている。

直次郎さんは幼い頃から父の姿を見て八幡馬作りを覚えていたが、北海道で別の仕事に就いていた。それが今こうして八幡馬を作っているのは、父の急逝《きゅうせい》がきっかけだった。父が無言で枕元に残した秀麗《しゅうれい》な八幡馬は、自分のための手本ではないかと心を動かされ、仕事を辞めて実家に戻った。

昭和十七年の午年《うま》生まれの直次郎さんは五十年以上に渡り、ノミで木材を切り出したあと鉈《なた》一本で仕上げる、一鉈一鑿《いっぽういっさく》と呼ばれる技法を守っている。

八幡馬の鮮やかな色彩は、この地方の花嫁が乗る馬の盛装《せいそう》を模している。もちろん色彩も美しいのだが、彩色前の白木の木馬と向き合ったとき、熟練の手仕事につくづく見惚れながら、愛《いと》しさを覚えた。彩色されていない分、優美な曲線が強調され、純粋な輝きに満ちていた。

少し前から直次郎さんの次女が、小さな八幡馬を作り始めたそうだ。物腰柔らかな直次郎さんと父に寄り添う娘さんが、おおらかに前を見据える八幡馬の親子のように思えた。

＊猫に蛸《たこ》

田畑を耕しながら歴史を刻んできた日本では、古くから農作物を育む土への厚い信仰心があった。寺社の授与品やみやげものとして親しまれてきた土人形や土鈴《どれい》も、土地と人を結ぶ大切な役割を担っている。

幼少期、私は教会学校へ通っていて、あるとき旧約聖書の創世記の中に「人は神が土の人形に命を吹き込み創造した」という記述があるのを目にした。それ以来、父が所有する郷土玩具の土人形もいつか動き出す気がして、ときどき顔を覗き込んでは確かめていた。

愛猫と暮らしていた私は、猫を模した意匠《いしょう》のものを蒐集《しゅうしゅう》している。それは洋服や雑貨に限らず、父の影響で集め始めた郷土玩具にも及んでいる。

養蚕《ようさん》が盛んな地域では、蚕《かいこ》を食べてしまうネズミを駆除するために家々で猫を飼っていた。ゆえに猫は、ありがたい存在として奉《たてまつ》られ、そこから猫を模した縁起物が各地で作られるようになった。商売繁盛の縁起物の招き猫はその代表である。

山形県米沢市で二百年以上前から続く土人形・相良《さがら》人形の猫に蛸は、蛸と多幸をかけた縁起物だ。意表を突く妙趣《みょうしゅ》に富んだ意匠が近年SNSで話題となり、今や入手困難になっている。それというのも、土を採取して彩色するまでの手間がかかる工程をたった一人の職人が全て手作業で行なっており、生産できる数に限りがあるからだ。

二百種類以上の型があり、表情も動きもユニークで躍動感溢《あふ》れる相良人形は四寸（高さ約十二センチ）に満たない小さなものが多いのも特徴で、作業には手先の器用さを要する。

先達たちは、雪深い米沢の子供たちが健やかに育つよう、相良人形に願いを込めたという。小さな人形は子供の手にしっくりなじみ、冬の間も雪の下で力を蓄えるたくましい土の温もりを確かに伝えたことだろう。

＊赤べこ

ぽってりふくよかな胴から突き出た、愛嬌《あいきょう》ある顔にそっと触れると、上下左右に首を振って何度も頷《うなず》く。

「うん、うん、うん。大丈夫、それでいいんだよ」

心に迷いが生じたとき、普段玄関に飾っている赤べこと向き合う。全てを肯定しながら、優しく包み込んでくれるような気がするからだ。

福島県会津地方の郷土玩具・赤べこは、人を病気や災難から守り、幸福を運ぶ牛の張子人形で、赤色は魔除けの意味を持つ。

昔は三十数軒あった会津張子の工房も今は数軒のみ。その中で最大規模を誇り、昭和三十七年から続く野沢民芸を訪れた。元こけし職人たちが、木を削る技術を生かして張子作りの組合を起こしたのがその始まりだそうだ。

どんな伝統工芸も、最初は必ず他に類のない清新《せいしん》で挑戦的な時代があり、時を重ねながら技術や様式を練り上げてきた。野沢民芸は、伝統的な郷土玩具に固執することなく、独創的な創作玩具も生み出している。後者を担うのが、父に師事して張子作りを学んだ、絵つけ師・早川美奈子さんだ。高校卒業後、張子の道に入り、失敗を重ねながら伝統を身につけた。

早川さんが新たな郷土玩具を作ってみようという思いに至ったのは、東日本大震災が大きなきっかけだった。郷土玩具は本来、身近な素材に人や土地の幸せを祈る切実な願いを託したもの。自分も郷土のため、玩具を通して自分の思いを形にしたいと、これまでにない色合いや日本の伝統柄を施し、次の世代に続く新たな種を蒔いている。

野沢民芸の張子は角ばったところがなく、どれもふんわり丸みを帯びている。早川さんの導きで絵つけを体験するうちに、みるみる気持ちが穏やかになっていた。

前進していないような気持ちになってしまう牛歩な日々も、次の新しい自分に進むための、小さいけれど大きな一歩なのだ。早川さんが作った、これまでにない斬新な赤べこを毎日眺めているうちに、いつしかそんなふうに思えるようになった。

伊勢木綿

江戸時代、伊勢神宮を参拝する伊勢参りが庶民の間で大流行した。日本の人口が約三千万人の時代に、半年間に約五百万人が訪れたという記録もあるそうで、その熱狂ぶりが想像できる。

子供時代を含めて、これまで何度か伊勢に訪れたことがある。小学四年生の夏休みの自由研究では、家族で訪れた伊勢神宮への旅を仔細に綴《つづ》った。未だにそのときの旅行記が残っているが、それを見るにつけ十歳の私がなにより感動したのは、伊勢神宮の門前にある赤福本店で食べた赤福氷だったようだ。

取材で久方ぶりに伊勢神宮を訪れることになった。これまでの伊勢訪問を思い返してみたのだが、神宮を参拝して帰ってしまうことが多く、今回こそは知らない場所を訪れようと、下調べを始めた。

「伊勢は津で持つ、津は伊勢で持つ、尾張名古屋は城で持つ」

江戸時代に日本各地で流行した伊勢音頭でこう唄われたように、三重県津市周辺は現在の伊勢平野を表す伊勢の国の中心だった。そこで伊勢紬《つむぎ》や津綟《も》子《じ》とともに名物のひとつに数えられたのが伊勢木綿だ。

室町時代、伊勢平野は綿花の一大産地となり、江戸時代には津藩の庇護《ひご》を受け、農家の副業として木綿織物が盛んに生産されるようになった。それを江戸・日本橋の呉服店に送り出していたのが伊勢商人。通気性や保温性に優れ、洗濯もしやすくシワになりにくいと評判を得て、江戸の粋人《すいじん》たちに好まれたという。明治時代、津には百軒を超える織元《おりもと》があったが、戦後化学繊維の普及や洋装への急速な移行で廃業が相次いだ。

現在、伊勢木綿を製造しているのは臼井織布《うすいしょくふ》ただ一軒のみ。明治時代から受け継がれる伊勢別街道沿いの趣《おもむき》ある建物で商いを続けている。江戸時代中頃に糸を染める紺屋として創業し、江戸時代後期に織物業に転業してから当代で五代目を数える。

最盛期と比較すると生産量は減ったものの、製法はそのままにさまざまな製品を生み出している。伝統的な縞《しま》模様や格子《こうし》模様と色の組み合わせは何百通りもあり、現代風に見える色柄も明治から昭和初期に作られていたものを復元しているそうだ。

伊勢木綿の一番の魅力は、使い込むほどにしなやかさを増す心地よい肌触り。一般的な木綿織物は、複数の糸を撚《ひね》り合わせた丈夫な撚糸《ねんし》を使うのに対し、伊勢木綿は単糸《たんし》という撚りが少ない糸を澱粉糊《でんぷんのり》で補強して織り上げる。単糸は切れやすく織るのがとても難しいが、最高級の純綿糸を使うことで優しい風合いに仕上がる。

木綿は洗うと次第に硬くなるが、洗えば洗うほど柔らかくなるのも伊勢木綿の特徴のひとつ。それというのも糊が落ちて、糸が綿に戻ろうとする力が働くからだ。

質実剛健な伊勢木綿は、最初は大人用の着物として着用され、そのあとは子供用に仕立て直される。それで終わりではなく、さらには雑巾として活用し、最後は土に還《かえ》る。長く使い続けることができる、人だけでなく地球にも優しい素材だ。

伊勢の地について一歩踏み込んで調べたことで、伊勢木綿と出会うことができた。きっと全国各地に、人々の普段の営みから生まれた、私の知らない魅力がたくさんあるだろう。誰もが知る名所をなぞるだけでは絶対に見えてこない、その地に潜む魅力にもっともっと出会いたい。

伊勢神宮にさえ興味がなく、赤福氷に夢中だった頃から比べると、私も随分と成長した。と言いたいところだが、この旅でもちゃっかり赤福本店に立ち寄って、夏期限定の美味に舌鼓を打った。未だ食い気も、旅に出る大きな理由のひとつである。

伊勢型紙

晩年まで着物で生活していた祖母は、常々こう話していた。

「着物は季節とともに、人の気持ちをまとうものなのよ」

毎日着つけしながら色柄の美しさを愛《め》でるたび、多くの人の思いや歳月が込められているのをしみじみと感じ入る。だからこそ一枚の着物をより大切に思えるのだ。私は祖母から、日々まとうものを愛《いつく》しむ気持ちを教わった。

千年以上の歴史がある伊勢型紙の産地・三重県鈴鹿市。伊勢型紙は着物の生地に柄や文様を染めるのに用いる型紙で、完成までに高度な技術と相当の時間が必要とされる。その成り立ちや製造行程を知るにつけ、着物という壮大な歴史物語の一場面を読み解くような興趣《きょうしゅ》を覚えた。

伊勢型紙の起源には諸説あるが、本格的に型紙彫刻が伊勢の地に根づいたのは五百年以上前。室町時代に応仁の乱で焼け野原になった京都から逃れてきた職人が、その技術を継承したのが起源とされている。江戸時代には紀州藩の保護を受けた商人が全国で行商を行い、各地に伝わった歴史がある。

伊勢型紙の産業は代々三つに分業されてきた。三層の和紙を柿渋《かきしぶ》で貼り合わせ、燻煙《くんえん》と乾燥により伸縮しにくい焦茶色の型地紙《かたじがみ》を作る型地紙業。その紙に彫刻刀でさまざまな図柄を彫る彫刻師。染元・着物問屋の要望に合わせて絵師に発注した図案を元に、彫刻師に型紙を製作してもらう商家。

伝統工芸は手元の技術のみに光が当てられる向きがあるが、伊勢型紙の普及には流行を見極め、意匠《いしょう》を職人に提供する商家が重要な役割を果たしていた。商家は今でいうところのデザイナーやスタイリストに近い存在だったのかもしれない。彼らが伊勢型紙の根幹を支えてきた歴史はとても興味深い。

今も染元の要望に受注で応えるのが、大正十三年創業のオコシ型紙商店。長年受け継いできた意匠や技術を守るため、対面販売を真摯《しんし》に貫いている。絵柄の細かさごとに山積みされた一万種類もの伊勢型紙の中から、一枚一枚自らの目で確かめて、これだというものを選び出す。

膨大な数の型紙を見せていただいたが、同じ花鳥風月でも、日本の伝統的な柄から、北欧のテキスタイルのようなモダンなものまで、多様な意匠に魅了された。洋服や小物として身につけてみたいと型紙を手に想像が広がったが、実際にインテリアや洋服に伊勢型紙の意匠を取り入れる業者も近年増えているそうだ。

あらゆるものがデータ化されインターネットでさまざまな情報が一瞬で

検索できる時代に、実物に触れながら厳選した型紙は特別なものだ。そうして出来上がった生地に対する愛情はひとしおだろう。

伊勢の地を訪れて私は、祖母から教わった季節とともに人の気持ちをまとう心を理解できた気がした。

尾張七宝

静岡の実家で暮らしていた頃、家族旅行でさまざまな土地を訪れた。幼い頃の記憶は曖昧《あいまい》で全てを明確には覚えていないが、旅の記念に買ってもらい、ずっと大事にしている土地土地の工芸品が思い出を紐《ひも》解く鍵として役立っている。

そのひとつが、旅の道中で立ち寄った愛知県のみやげ店で見つけた七宝《しっぽう》焼のブローチ。私が通う小学校で飼育していた国蝶・オオムラサキに似たそれは、卒業式でも身につけるほど大のお気に入りだった。

七宝焼は焼き物のひとつであるが、粘土から形成する陶磁器と違い、銅や銀などの金属素地にガラス質の釉薬《ゆうやく》を施し、焼きつけて仕上げる。古代エジプトやメソポタミアで七宝焼によく似たガラス細工が作られており、その技術はヨーロッパからシルクロードを経て中国・朝鮮に渡り、日本に伝来したといわれている。金・銀・真珠など、仏教の経典にある七つの宝物を散りばめたように美しいことから、七宝の名がつけられた。

愛知県七宝町で尾張《おわり》七宝が作られるようになったのは江戸時代の終わり頃。尾張藩士・梶常吉《かじつねきち》が外国産の七宝焼を手がかりに研究を重ねてその製法が確立し、地域の一大産業として発展していった。かつて二百以上あった七宝焼の窯元《かまもと》は、現在は八軒を残すのみ。そのうちのひとつで、約百五十年の歴史がある田村七宝工芸を訪ねた。

尾張七宝の基本となるのは、帯状の金属線を使って模様の輪郭《りんかく》を作り、その間に釉薬を差して焼成し研磨する、有線七宝と呼ばれる技法。高度な技を要するため古くは分業が基本だったが、従事者の激減により今ではひとりの職人がほとんどの工程を手がけている。

田村七宝工芸の五代目、田村有紀さんに指導いただきながら、製造工程のひとつである施釉《せゆう》を体験した。手先を細かく使う繊細な作業だが、釉薬を指す作業が楽しく、時間を忘れて夢中になった。

幼い有紀さんは工房に出入りしながら、両親が宝石のように美しい七宝焼を生み出すのを、わくわくしながら毎日のように眺めていたという。

「七宝焼は心の豊かさを表現する工芸品なんです」

有紀さんのその言葉を反芻《はんすう》しながら、丁寧に釉薬を指しているさなか、ふと遠い記憶が呼び起こされた。

「あのとき蝶のブローチを選んでくれたのはお父さんだ！」

おぼろげだった旅の光景が鮮明に蘇り、懐かしさが一気に込み上げてきた。思わず涙が溢《あふ》れそうになるのを我慢しながら、真剣に釉薬を指していった。

町歩きのすすめ

大阪でひとり暮らしを始めたとき、なにより嬉しかったのは、思い立ったときにぶらりと町歩きができることだった。

私の実家は富士山の麓《ふもと》に所在する。家のそばには、富士山頂まで続く坂道があり、最寄りの駅まで徒歩で四十分かかる。自転車も、出かけるときは下り坂で快適だが、帰りは緩《ゆる》く長い坂道を立ち漕ぎして登らなければならない。そのため、急に必要になった文房具を買いに行ったり、読みたい本を借りにふらっと図書館まで出かけることが気軽にできなかった。

都会はとにかく交通の便がいい。町中にいくつもの路線が交差し、そこかしこに大小の駅がある。駅ごとにそれぞれ個性があって、住人たちや降り立つ人々にどこか共通する雰囲気があるのも面白かった。通りに出れば生活道路を抜けて目的地まで運んでくれるバスが数十分おきに運行し、タクシーも頻繁に走っている。

知らない通りを歩けば、初めて目にする美味しそうな飲食店や興味をそそられる専門店が目に飛び込んでくる。新旧の珍しい建物も頻繁に見つけることができて、ずっと好奇心を刺激されながら散策していた。知らない町に出かけるたび新しい発見があることが、田舎暮らしだった私にはとにかく新鮮で、いつしか町歩きが趣味になっていた。

学生時代は今よりずっと時間があったけれど、自由に使えるお金は限られていた。その頃に見つけ出した、町歩きを楽しむための七つの道具がある。それは、地図本・ペン・文庫本・水筒・おやつの小袋・カメラ・ノート。中でも、自由に書き込みができる路線図つきの地図本は非常に使い勝手がよく、スマホで簡単に行き先が調べられなかった時代に、町歩きになくてはならない大切な相棒だった。

下車した駅や気に入った店に印をつけ、記録や記憶に繋がることをどんどん書き込んでいった。地図の上に書き込んだ文字が増えれば増えるほど町との距離が縮まり、親しくなれたような気がしていた。日ごと自分だけがわかるメモで埋められていく地図本は、世界でたった一冊の本が出来上がっていくようで、いつしか大切な宝物になっていた。

町歩きを始めた頃から夢中になったのが、地図には載っていない喫茶店や古本屋を探すことだ。新たな看板を見つけては、店の名を地図本に書き加えていった。無駄使いができない学生の私は、コーヒーは一日一杯、古本は一日一冊と決めていた。そのため、外からただ眺めるだけで、大阪を去る日までにとうとう一度も中に入ることのできなかった店もたくさんある。

コーヒーを飲んだあとは道すがら見つけた公園のベンチに腰掛けて、家から持参したお茶とお菓子を頬張りながら、買ったばかりの古本を読み耽《ふけ》った。緑に囲まれた町中の公園で、物語の世界に浸るひとときは、心休まるとびきり贅沢な時間だった。

見慣れたいつもの町が、季節や天気や自分の心持ち次第で違った景色に見えることがある。さわさわと気持ちが揺れ動くたび、立ち止まってカメラのシャッターを切ったり、心に浮かんだ言葉をノートに書き留めていった。

まるで遠い日のことのように記したけれど、東京でドタバタと毎日を過ごす今も、変わらず同じことを続けている。仕事のあとにふと時間ができたときは、鞄の中の行きたい場所をぎっしりと認《したた》めたノートを開く。今いる場所から一番近い、私が行きたかった場所はどこだろうと、過去の自分と対話することが日常のささやかな幸せだ。

東京には、色とりどりの表情を見せてくれる素敵な町が、そこかしこにある。次はどこに行こうかな。これからも、近い未来の自分のために、思いつくまま行きたい場所をノートに記しておこう。

名建築に魅せられて

巨大な芸術作品といえるほど細部に至るまで美しく、歴史的にも価値がある名建築に積極的に足を運ぶようになったのは二十代半ば。大阪の大学に研究生として籍を残しながらも、京都へ住まいを移し、料亭で仲居として働きながら物書きになることを夢見ていた頃だ。憧れた京都の住人になれたものの、まだ何者でもなかった私は、心の奥に鬱々《うつうつ》としたものを抱えながら過ごしていた。

あるとき食道楽《くいどうらく》の友人に「素敵な場所でワインが飲めるイベントをしているから、一緒に行かない？」と誘われた。辿り着いた先は、桜並木が連なる道端の生垣に囲まれた、淡いピンク色の外壁の洋館。その前を通るたび扉は閉ざされたままで、どんな人が住んでいるのだろうといつも想像を巡らせていた。

　そこは京都帝国大学理学部で教授を務め、日本のダーウィンと称された駒《こま》井《い》卓《たく》博士・静《しず》江《え》夫妻の住居として一九二七年に建てられた、駒井家住宅と呼ばれる古い建物だった。

　玄関やサンルームの窓に施されたアーチの意匠《いしょう》。客間と居住空間で色が異なる水晶のドアノブ。波に千鳥の模様をあしらった照明器具。目に映るなにもかもがまぶしく輝いて見えた。駒井博士がさまざまな植物を育てていたという温室でワインを味わううちに、重苦しい気持ちがすうっとほどけていった。

　この日を境に、名建築と食を結びつけて町歩きを楽しむようになった。

古都の印象が強い京都では神社仏閣ばかり気にかけていたが、意識してみると市内にはモダンな建築が点在していた。それまで何気なく通り過ぎていたけれど、そこかしこに美しい建造物が佇《たたず》んでいることを認識したのだった。

洋船をイメージした木造建築で、喫茶店として初めて国の登録有形文化財に指定されたフランソア喫茶室。京都・泰山製陶所《たいざんせいとうしょ》のタイルに彩られた喫茶店、四条河原町の築地と京都大学前の進々堂。大きな公共建築や文化財に限らず、魅力的な町中の喫茶店やレストランにも心を寄せるようになった。平凡で何者でもない自分でも、幾多のときを重ねた優麗《ゆうれい》な建物に身を置くと、物語の主人公になれたような気がした。

少しずつ建築様式を覚え、建築に関する知識を深めていった。好きな建築家が何人もできて、訪れてみたい場所が増えるにつれ、いつしか前向きな気持ちになっていた。文学・音楽・映画などの文化芸術が生きる糧《かて》となるように、建築が私の世界を広げてくれたのだ。

いつどんな目的で、誰がどのような建築様式や素材で建て、どんな歴史を辿ってきたのか、それを知ることが楽しくて仕方がない。建物の歴史を知った上で、ここでどんな人間模様が繰り広げられてきたのだろうと想像すると、興味は一向に尽きなかった。タイル・ステンドグラス・ドアノブ・階段の手すり・照明など、宝探しするように胸を弾ませながら心ときめく箇所を探して写真に収めると、真っ新《さら》なノートを好きというスタンプで埋めていくような達成感で満たされた。

もしも自分が暮らせるとしたら、どんな風に部屋を使うだろう。由緒ある建築物を訪れるたび、そんな妄想を楽しんでいる。ドールハウスや理想の家の間取りを描いて夢中で遊んだ少女時代のように、果てしない想像が膨らんでいく。

私に建築の楽しさを教えてくれた、駒井家住宅を設計したアメリカ人建築家ウィリアム・メレル・ヴォーリズに興味を持ち、彼の仕事について仔細に調べ始めた。日本で数多の建築物を設計していると知り、全国にあるヴォーリズ建築を巡ることが私の町歩きの楽しみに加わった。

彼の代表作のひとつである東京・御茶ノ水の山の上ホテルを初めて訪れ、歴史ある建築に包まれながら眠りについたとき、心の底から優しく穏やかな気持ちになれた。ここにずっと身を委ねていたいとさえ思った私は、すっかり老舗ホテルに魅せられてしまった。そうしていつしか、名建築ホテルを目的に旅に出るようになっていた。

建築を軸に広がるあらゆる体験が、人生に潤いを与えてくれた。暗闇の中を鬱々と進んでいた、何者でもない二十代の私の行く先を明るく照らしてくれた。

大袈裟ではなく、私は名建築に救われた。

旅先はクラシックホテル

漢字もろくに読めない頃から、父の書庫で過ごす時間が好きだった。ずらりと並ぶ背表紙の題名から面白そうなものを適当に取り出しては、一ページずつじっくり読んだ。難しい字はまだ読めず、本当のところは眺めていた、と書いた方が正しいだろう。

旅が好きだった父の本棚には、旅行に関する書籍がたくさんあった。それらは文字だけの文芸書と比べると写真や挿絵も多く、難しい漢字が読めない子供でもそれなりに楽しめた。その中に、古い木造の内装に革張りの椅子、美しい大きな照明が輝く写真に「贅沢気分のクラシックホテル」と書かれた本を見つけた。

それは雑誌『太陽』のクラシックホテル特集号だった。クラシックというのは音楽の一ジャンルだと思っていたので、それがホテルという言葉の前についているとはどういうことだろう。クラシック音楽が流れるホテルを想像しながら父に尋ねると、こう教えてくれた。

「クラシックホテルは、歴史のある格式の高いホテルのことなんだよ」

しばらくその呼び名を忘れていたけれど、二十代で建築に興味を持ち始めた頃に再び耳にして、クラシックホテルに魅了された。その扉を開いたのは東京・御茶ノ水の山の上ホテルだ。

帰省した折、父から『太陽』のクラシックホテル特集号を借りて、食い入るように熟読した。次帰省したときに必ず返すと約束したけれど、借りたまま未だ返却していない。そのまま二十年近く経っていて、一度も返してほしいと言われていないので、父から譲り受けたのだと勝手に解釈している。

紹介されていたホテルのいくつかに電話をかけてみると（まだインターネットは普及していない頃だった）改築工事中のものを除いて、ほとんどのホテルが今も現役で活躍していると知った。まるで歴史遺産のような重厚で美麗《びれい》な建物に泊まることができると知ったとき、私の胸は高鳴った。

何年かかるかわからないけれど、ここに載っている日本中のクラシックホテル全部に泊まろう。そう決心した私は早速、現存する日本最古のリゾートホテルと紹介されていた日光金谷ホテルに予約の電話をかけた。運よく夏の終わり頃に空室があるとのことで、日光で遅い夏休みを取ることを決めた。

明治六年に創業した日光金谷ホテルは、その名の通り栃木県日光市に所在している。江戸時代は徳川家康を祀《まつ》る日光東照宮を参拝する人たちで賑《にぎ》わい、明治に入ると近くに中禅寺湖や日光湯元温泉が控えるこの地に多くの外国人が訪れるようになった。

いわゆる保養地で、ホテルの周囲にはなにもない。夜の帳《とばり》が降りると、辺りは真っ暗な闇に包まれ、聞こえてくるのは虫の鳴き声だけ。今ならないもしない優雅な時間をゆったり楽しむことができるけれど、初めてのクラシックホテルで時間を持て余してしまった。

持参した文庫本を早々に読み終えた私は、鞄の中のアドレス帳を開いた。一足先に秋が訪れていた日光、秋の虫たちの合唱をBGMに、久しく会っていない友人たちの顔を思い浮かべながら手紙を書いた。いつしか虫の声も止んで、完全な静寂に包まれた。なにも聞こえない静かな状況をシーン、と表現するが、その静謐《せいひつ》の音さえも聞こえてくるようだった。

それまで私は、なにかを楽しむために旅に出ていた。ほんの一時《いっとき》さえも無駄にしないように、旅中ずっと忙しく動き回っていた。宿での過ごし方も同様で、大浴場があれば何度も入り、宿の中をくまなく回って楽しみ尽くそうとしていた。

日光金谷ホテルに宿泊し、静寂の中で心穏やかに一夜を過ごしたことで、私の考えは一変した。なにもないこと。なにもしないこと。それは悠久《ゆうきゅう》のときの中にいるような贅沢な時間だった。

今もクラシックホテルに滞在することを目的に、全国各地を訪れている。歴史を讃《たた》えた見事な建築を心ゆくまで堪能し、近頃はなにもしないことをようやく楽しめるようになった。

憧れのハトヤホテル

クラシックホテルとは異なる、もうひとつのホテルの楽しみ方もある。観光ホテルと呼ばれる宿に気心知れた仲間たちと泊まり、ワイワイ過ごす楽しみだ。その代表ともいえるのが、昭和の時代に温泉観光地に建てられた大型ホテル。高度成長期、会社や地域の人たちが団体で旅行に出かけることが流行し、そうした団体客を主な対象とするホテルが各地に作られた。

団体旅行をする機会はめっきり減り、時代の流れとともに大型ホテルは激減した。そんな厳しい状況の中でも営業を続け、今再び注目を集めているのが静岡県伊東市にあるハトヤホテルだ。

大人になって訪れたとき、高台にあり相模湾や天城の山々を眺望できる客室・万博のパビリオンを思わせる近未来的でモダンな建物・赤絨毯《じゅうたん》にシャンデリアといった華麗な演出・温泉・プール・ラウンジ・卓球場・売店、その全てに魅了された。ひとつの街のような娯楽施設は、高度経済成長期真っ只中の旅行者をさぞや高揚させたことだろう。

以来、ことあるごとにハトヤホテルの魅力を綴《つづ》ってきた。それを読んだ同業の知人たちから、いつか泊まってみたいとたくさんの声が届いた。みんなが関心を持ってくれたことが嬉しくて、自分が幹事となって団体旅行を計画するしかないと勝手な使命感に駆られた。

そうして十数名の大所帯で、ハトヤホテルを訪れることが決まった。大人になってから、こんな大人数で旅をするのは初めてだった。

「伊東に行くならハトヤ」でおなじみのハトヤホテルのテレビCM。昭和三十六年から平成初期まで全国放送で流れ、かつてはザ・ドリフターズもそのフレーズをネタにしたことから、昭和生まれに最も知られたホテルと言っても過言ではないはず。では、なぜハトの名がつけられたのか、物語の始まりは戦前までさかのぼる。

ハトが飛び出す手品で一世を風靡《ふうび》したマジシャンが、築いた財産でハトヤという旅館を準備するも戦争勃発で開業できず、終戦後経営する気力がなくなり売りに出した。それを買い取ったのが、当時サラリーマンだったハトヤホテルの創業者。昭和二十二年の開業後、熱海や伊東は新婚旅行や団体旅行の行き先として一躍有名になり、需要に合わせ改装や増築を繰り返し、みるみる大型ホテルへと成長した。

「湯出《い》ずる国」が語源といわれる伊豆半島の東にあって、日本三大温泉のひとつに数えられる伊東温泉。さまざまないい湯があるけれど、幼少期から憧れていたのが、ハトヤホテルの姉妹ホテルとして昭和五〇年に開業したホテルサンハトヤにある海底温泉・お魚風呂。この団体旅でも浴槽の背景に亀や海の魚が泳ぐ竜宮城のような湯船に浸かり、みなすっかり童心に返っていた。

ハトヤホテルが山側にあるのに対して、ホテルサンハトヤは海辺に建つ。しかるに、すべての客室から海を臨むことができて、旅気分もいっそう高まる。

さらなる娯楽は夕食の時間。夕方六時半に宿泊客みなでディナーショーを鑑賞しながら料理を味わう。演目は、演歌・ものまね・マジックなど月ごと変わるが、衣装や舞台の華麗な七変化に目を奪われ、いつのまにか手拍子を弾ませ舞台に引き込まれている。最後にハトがステージめがけて飛んでくる演出があるのだが、会場から歓声が沸き起こり、私たちもいつしか無邪気に楽しんでいた。

各駅停車の旅

静岡には東海道新幹線が停車する駅が六つある。故郷・静岡を案内した書籍『静岡百景』を著《あらわ》した際、読み進めるうち東海道新幹線で静岡を横断している気分になるよう、熱海・三島・新富士・静岡・掛川・浜松と駅ごとに章立をした。

しばらくして、仕事で頻繁に東京を訪れる大阪在住の友人から、富士山の写真の絵葉書が届いた。『静岡百景』を読んで静岡おでんに興味をそそられた彼女は、普段より早く家を出て、初乗車のひかりで途中下車。静岡駅から徒歩三分、朝六時半からモーニングおでんが食べられるまるしまで、地元の人に溶け込みながら一本六十円の静岡おでんを頬張ったそうだ。

「のんびり途中下車をして、ゆっくり寄り道をして土地の名物を味わう朝のひとときは、とても贅沢な時間でした。遠くへ出かけなくても、高価なひと皿でなくても、豊かな旅が楽しめるのですね」

絵葉書はこう締められていた。

「そうそう、それが本当の旅の醍醐《だいご》味《み》なのよね」

深く共感ながら、私は心の中で彼女にこう語りかけた。

のんびり途中下車。ゆっくり寄り道。なんと贅沢な響きだろう。十八歳で静岡を離れ、その後八年の間に大阪から京都、そして東京へと移り住んだ。今では故郷で過ごした時間よりも、東京での暮らしが長くなった。仕事で赴《おもむ》くのはのぞみが停車する駅が圧倒的に多く、こだまを利用するのは実家に帰省するときだけだった。

ところが『静岡百景』の取材をきっかけに、新幹線各駅停車の旅に開眼した。行きは集合時間が早いためのぞみを利用するが、帰路はこだまで気長に気ままな旅を楽しんでいる。帰りが遅くなったときは延泊をして、翌朝早くこだまに乗り込む。そして、まだ降りたことのない駅で下車して、見知らぬ町を散策してから帰京している。

帰りのこだまに乗り込む前、必ず駅の売店を探索する。地域の特産物を使った名物駅弁や、地元の人しか知らない美味しいおみやげをいくつも見つけた。駅舎もそれぞれ個性があって面白い。

むくむくと探究心が呼び起こされ、東京駅から新大阪駅までの東海道新幹線全十七駅に降り立ち、各々の町を散策することを始めた。仕事で名古屋・京都・新大阪を訪れるときは前後の予定を調整して、こだまが停車する駅を順に巡るようになった。

それがきっかけとなり、新幹線各駅停車の旅を始めて数年後『東海道新幹線　各駅停車の旅』という本を上梓《じょうし》する機会を得た。本書の取材のため、いくつかの駅で在来線に乗り換えて数駅先の町にも足を伸ばしたのだが、そこでもたくさんの心ときめく発見があった。

数年前、未知の感染症が大流行して世界を旅する機会を奪われた。しかしそれが契機となり、自身が暮らす日本の魅力をしっかり見つめ直したいという気持ちが一層強くなった。友人の絵葉書に綴《つづ》られていたように、遠くへ出かけなくても、高価なひと皿でなくても、豊かな旅が楽しめるのだ。まだ一度も訪れたことのない場所が、日本中に数えきれないほどある。いや、訪れたことがある土地はごくわずかだ。私の各駅停車の旅は一生かかっても終わることはないだろう。

豊橋の水上ビル

市街地を路面電車が走る旧城下町・豊橋。東海道新幹線各駅停車の旅の本を書く前からたびたび訪れてきた、大好きな町だ。散策はいつも駅前大通の北側が中心で、その反対側にある水上《すいじょう》ビルを歩くことは一度もなかった。それというのも、十年ほど前に車で水上ビルの前を通過した折、シャッター街のような寂しい光景を目にしていたからだった。

ところがこの一年の間に、愛知県に暮らす知人たちから「最近、水上ビルが活気を取り戻していて面白いよ」と立て続けに聞き、その様子を自身で確かめたくなった。

豊橋駅前の水上ビルは、農業用水路・牟呂《むろ》用水の上に一九六〇年代に築かれたビル群の通称。豊橋ビル・大豊《だいほう》ビル・大手ビルと三つのビル群が、全長八百メートルに渡り連なっている。第二次世界大戦で焼け野原になった豊橋駅前で、青空市場を始めた人々の新たな経済・居住の拠点として、全国的にも珍しい水上の商店街ビルが誕生した。一階が店舗で、二・三階が店主の住居という構造。一階の商店前はアーケードになっていて天候に関係なく買い物できたこともあり、一九七〇年代の最盛期には朝から晩まで賑《にぎ》やかだったそうだ。

水上ビル周辺を散策し始めてすぐ、昭和にタイムスリップしたように錯覚した。近年、昔ながらのビルや建物を愛好し、写真を撮り歩くビルマニアなる趣味人の存在も密かに知られているが、水上ビルを前に私の心も浮き立った。タイル・階段・窓の造りなど、真新しいビルでは見られない技術や素材がふんだんに施され、ビルそのものが昭和の時代を閉じ込めた博物館のよう。

ビルができた当時から続いている喫茶店や商店もあって、店の看板や佇《たたず》まいにも懐かしさがにじんでいる。今でいうところの昭和レトロ感に溢《あふ》れていて、映画やドラマの撮影に使われるのも納得だ。全国的に駅前の再開発が進み、どの町も似通って見える中、水上ビルにはここにしかない趣《おもむき》が、そこかしこに漂っている。

個人で営む商店が多かった豊橋周辺にも、車で買い物に出かける郊外型商業施設ができ、駅前の水上ビルはすっかり衰退していた。しかし近年、さまざまな催事が開催されるようになると、その様相は少しずつ変わっていった。

空き店舗やアーケードの軒下を開放して、若者が気軽に出店できるマーケットを始めたところ、次第に出店者が増えていき、新たな人の繋がりが生まれた。すると昭和の空気をまとった水上ビルに魅力を感じた若者を中心に、入居する人が増えていった。現在、空き店舗の問題はほぼ解消しているそうだ。

私が水上ビルを訪れた日、月に一度の朝市が開催されていた。平日にもかかわらず多くの人が訪れ、出店者と和やかに会話を交わしながら買い物を楽しんでいる。インターネットでの買い物が普及し、たとえお店で買い物をしたとしても最低限の会話しか交わさない都会とはまるで違う、ほのぼのとした光景を眺めているだけで心が温かくなった。

ただ古いビルがノスタルジックの対象として注目されているだけではなく、新たな人の流れが生まれていることを肌で感じた。十年前に目にしたシャッター街と、今日歩いた活気溢れる商店街が同じ場所とはとても想像できなかった。水上ビルには心地いい新風が吹いていた。

昔はあたりまえだった、町をぶらぶらと歩くことで生まれる地域の人同士の交流。古くからあるものを見つめ直し、その魅力を再認識することで新たな出会いが広がっていく。忙しい日々に追われ、自身が暮らす町をゆっくり散策する機会がめっきり少なくなっていた私に、豊橋の水上ビルは町歩きの楽しさを思い出させてくれた。

富士山の麓で

京都・輪島と続けて旅をして、東京に戻ったらゆっくり旅行記でも記そうかと考えながら帰路に着いた。しかしそんな間もなく、家に到着してすぐ父の急病の報せを受けた。長い間家を留守にしていたので、必要な仕事の連絡だけ済ませて、二十時すぎ東京発の新幹線・こだまに飛び乗り静岡へ向かった。

富士山の麓《ふもと》、茶畑が広がる新緑の中にポツンと建つ病院へ着いたのは、入院患者がみな寝静まった時刻だった。母から私が病院に向かっていることを聞いて、きっと寝ずに待っているであろう父に一目会うため、足音を立てないように病室までの廊下を急いだ。父の体調を考えて、今夜ではなく明日にすればよかったという考えも頭をよぎったが、一刻も早く父の顔を見たかった。

父の名が掲げられた扉を、音を立てないようにそうっと開けると、やっぱり父は暗い病室の中、私が到着するのをじっと待っていた。表情の裏側に苦しさが透けて見えるような、なんともいえない笑顔で迎えてくれた。

ベッドで横になる父のすぐそばまで近づくと涙がこぼれそうで、少しだけ離れたところから小さな声で「また明日の朝来るね」と伝え、母とふたり病室をあとにした。

病院は富士山の斜面上に位置し、夜は山の麓《ふもと》の町の夜景を見下ろすことができる。朝は田子《たご》の浦港の水面がきらきらと輝き、百人一首で山部赤人《やまべのあかひと》が詠んだ句「田子の浦に　うち出《い》でて見れば白妙《しろたえ》の　富士の高嶺に雪はふりつつ」の世界が広がっている。まもなく茶摘みを迎える晩春であったが、富士山はまだ白い帽子をかぶっている。

そんな美しい風景の中にある病院は、とても不思議な場所のように感じられた。ここは目には見えない特別な力で守られているから、父はきっと大丈夫。そんな根拠のない確信を抱きつつ、茶畑に囲まれた駐車場に停めた車に乗り込んだ。

土曜日の夜に静岡に着いて、翌日の夕方にはまた東京に戻らなければならなかった私の、その短い時間の中で、旅に出る前とは意識が明らかに変化したことを感じずにはいられなかった。ずっと屈託を抱えて生きてきた私が、歳を重ねるごとに少しずつ優しさについて考えるようになっていた。人に与える、人から与えられる、そのどちらもの優しさが、今まさに形になって目の前に現れたのだ。父の存在は優しさそのものだった。

それに気づいたときから、他人と自分を比較すること、私を揶揄《やゆ》する人たちの声が、なんの意味のないものに変わった。そして、毎日のように忙しいと言い続けていた自身を猛省した。

本当に大切な人や事柄と比べたら、そんな些細《ささい》なことはなんでもない。そんなあたりまえのことに気づいていなかったから、消極的な考えが頭を巡り、否定的なことを日々口にしていたのだろう。

日曜日、大きな窓から富士山を望む病室で、朝日を受けてまどろむ父を見つめながらそんなことを考えていた。

ねむの木学園と宮城まり子さん

嬉しい。楽しい。愛《いと》おしい。淋《さび》しい。好き。大好き。絵からさまざまな感情がほとばしってくる。笑ったり、涙をこぼしたり、まるで絵から声が聞こえてくるようだ。

幼い頃、母に連れられ出かけた静岡市内の百貨店での展覧会。それが国内初の肢体《したい》不自由児療護施設・ねむの木学園の子供たちの絵との出会いだった。

小学生時分は、隣町のドーナツショップへ出かけるのが楽しみだった。ドーナツとともに楽しみにしていたのが、壁に飾られたねむの木学園の子供たちの絵を眺めること。芸術もなにもわからない年齢なりに、絵が持つ感情を感得し、惹《ひ》きつけられていた。

ねむの木学園を設立した宮城まり子さんは、昭和三〇年代にたくさんの流行歌を歌い、NHK紅白歌合戦に八回も出場した。私の大好きな市川崑《こん》監督の作品『黒い十人の女』をはじめ、数多くの映画にも出演している。歌手、俳優として活躍した後、昭和四十三年に学園を創立した。

中学生の頃から宮城まり子さんの本を愛読するようになり、まり子さんの著書『ともだち　ねむの木　そして私』は気がつけばいつも本棚にあった。十代の頃から繰り返し読み、今もことあるごとにページをめくる大切な人生の書。母と子の無条件の愛に満ちた言葉や絵に、幾度となく生きる力をもらった。

「やさしくね　やさしくね　やさしいことはつよいのよ」

まり子さんのこの言葉は、ずっと私の宝物だ。

そして大人になり『淳之介《じゅんのすけ》さんのこと』という本と出会った。みずみずしい筆致《ひっち》で描かれているのは、母の顔とまた違った、吉行《よしゆき》淳之介さんのことが好きでたまらない、ひとりの女性の愛らしい姿だった。

憧れのまり子さんと直接会って話ができる機会を得た私は、静岡県掛川市にあるねむの木村を訪れた。ねむの木村には学園を中心に、吉行淳之介文学館、喫茶店、毛糸屋などの店が点在しており、子供たちの絵を展示するねむの木こども美術館もある。

アニメ映画『となりのトトロ』に出てくるようなバスに乗って田舎道を抜け、山里を進むとひょっこり現れるねむの木村。道中、子供たちが描いたタイル画が迎えてくれる。

最初に訪れたのは、子供たちが学ぶねむの木学園。出迎えてくれたのは宮城まり子さん本人。ちょうど音楽の授業をしているところで、のびやかな歌声を聞かせてもらった。歌声はまり子さんに向けられていて、子供たちの眼差しはその歌声のようにどこまでも澄んでいた。ねむの木学園の子供たちの歌唱は『宮城まり子とねむの木学園のこどもたち　ママに捧げる歌』というアルバムで聴くことができるので、美しいハーモニーを耳にしてほしい。

次に案内してくれたのは、ねむの木こども美術館。丸い帽子を思わせる銅板の屋根と白い壁の建物が、緑の芝の中にまるで生きているかのようにどっしりと佇《たたず》んでいる。どんぐりの愛称で親しまれているこの美術館を設計したのは、私が大好きな建築家・藤森照信《てるのぶ》氏。

藤森氏は、木・石・土などの自然素材をふんだんに使い、自然と調和した作品を多数手がけていて、ジブリ映画の世界がそのまま現実化した建築物と評されることも多い。まさにジブリ作品の景色のようなねむの木村に、どんぐりはすっかり溶け込んでいて、まるで森の一部のようだ。

内部は二部屋に分かれ、子供たちの色とりどりの絵が飾られている。優しく強いまり子さんの眼差しに包まれ、どの絵も安らかに、きらきら輝いていた。

このときも絵からいろいろな声が聞こえてきた。中でも私がとりわけ気に入っているほんめとしみつさんの絵を目の前にしたとき、ずっと宝物にしているこの言葉が聞こえてきた。

「やさしくね　やさしくね　やさしいことはつよいのよ」

まり子さんと一緒に鑑賞しながら、その真意を深く噛み締めていた。

ねむの木村をあとにするとき、優しい笑顔で手を振り見送ってくれたまり子さんに

「『淳之介さんのこと』ずっと愛読しています」

と伝えると

「ただののろけよ」

と言いながら、少女の笑みを浮かべた。その輝く表情は、美しいねむの木村の透き通る風景のようだった。

旅と音楽

子供時代に家族旅行で訪れた場所は地方の観光名所が多く、都会を訪れた経験はほとんどなかった。田舎暮らしで密かに都会に憧れていた私は、本当は東京にも行ってみたかったけれど、なぜだがそれを両親に伝えようとは思わなかった。

中学時代に雑誌・オリーブに出合い、都会的なものへの憧れはさらに膨らんでいった。誌面で紹介されているファッション・カフェ・雑貨・映画・音楽、全てがキラキラと輝いていた。毎号教科書よりも熱心に隅から隅まで読み込み、その知識が私の基礎を形成したと言っても過言ではない、人生の教科書だった。

　オリーブで紹介されていた東京の雑貨店やカフェにいつか行ってみたいと思いは募《つの》るばかり。実現するのは随分先になるだろうと思っていたのだが、中学三年のとき、夢が一気に現実のものとなった。四つ年上の姉が東京にある大学に進学して、学校の近くで一人暮らしを始めたのだ。

　年に数回姉の住まいを訪ね、東京を巡るのが高校時代の一番の楽しみだった。中学生の頃はおとぎの国の話のようにオリーブを眺めていたけれど、手が届く現実の世界となったのだ。行きたい店や場所に全て印をつけていたので、私のオリーブは毎号付箋《ふせん》だらけだった。

　東京に行く前にいつも作っていたのが、お気に入りの曲だけを詰め込んだカセットテープ。アルバム一枚を丸々入れたカセットではなく、その季節や訪れたい場所のイメージで選曲した、一本のミックステープを作っていた。

通学路の途中に、録音用のカセットテープ（いわゆる生テープ）を主に販売している店があった。いろんなメーカーのカセットが並ぶ中、私が決まって選んでいたのは富士フイルムが発売していたAXIA《アクシア》。

きっかけはテレビだった。斉藤由貴さんがAXIAのCMに出演していて、そこで流れていた曲『AXIA～かなしいことり～』に私は一目惚れならぬ、一聴《いっちょう》惚れをした。まだ恋という言葉の意味もよくわからない小学生の頃、テレビから流れてきた歌詞にえも言われぬ感情を抱いた。

中学生になり、たまたま教室の学級文庫にあった『バランス』という文庫本を手に取り、その中で『AXIA～かなしいことり～』と再会した。その本の著者の銀色夏生《ぎんいろなつを》さんがこの曲を作詞作曲した人物だと知り、点と点が線で繋がったような思いだった。

そんな経験からカセットテープはAXIAを選ぶようになった。当時は珍しかったスケルトンデザインも愛らしく、他のメーカーと比べてお手頃な価格だったことも、お小遣いの限られた学生にはありがたかった。

余裕があるときにはミックステープを三本作って持っていった。東京に向かう電車の中で聴くカセット、東京を散策しながら聴くカセット、帰り道に聴くカセットの三本だ。曲の流れ、構成を考えながら、短編小説集を編纂《へんさん》するように選曲した。

当時レコードの収録時間に合わせてカセットテープは四十六分が主流で、時間内に収まるように収録時間を計算しながら選曲していった。

「この曲を入れたいけれど、時間がオーバーしてしまうなあ」

数字は今も昔も苦手だけれど、片面二十三分にちょうど収まるように時間を計算することだけは得意だった。まさに好きこそものの上手なれである。

配信で音楽を聴くことがあたりまえになり、時間に関係なく無限に音楽を聴くことができるようになった。しかしそんな時代の変化によって、一、曲への思いはあの頃と比べて薄れてしまったように感じる。限られた四十六分の中に大好きな曲だけ詰め込んだカセットテープを、一曲一曲真剣に、大きな愛情を傾けて聴いていた。

高校生が新幹線に乗る余裕などなく、いつも鈍行列車の旅だった。富士宮から東京まで約三時間かかったが、自作したカセットテープのおかげで長時間の移動も全く苦ではなかった。

好きな音楽を聴きながら車窓に流れる景色を眺めていると、一向に飽きることはなかった。ときどき文庫本に目を落とし、いつのまにかウトウトしていると、もう東京に到着していた。

十代の頃と変わらず、ときどきの季節や心境、目的地の印象に合わせて選曲することも旅の楽しみのひとつだ。カセットテープからプレイリストに変わったけれど、それでも時間は四十六分と決めて、A面二十三分、B面二十三分と想定しながら選んでしまう。

今日の私が、四十六分のカセットテープに収まるように旅のおともに選んだのは、こんな曲だった。

―A面―

①サントロペ・ブルース　マリー・ラフォレ

歌う女優に魅せられて、フランスや日本の女優の歌が聴ける映画やレコードを蒐集《しゅうしゅう》していた。フランスの女優、マリー・ラフォレの名を初めて耳にしたのは早瀬優香子が歌う『マリー・ラフォレはもう聞かせないで』という曲の歌詞だった。

マリー・ラフォレの出演作の中で一番有名な映画は『太陽がいっぱい』だけれど、それ以上に私が好きな作品は『赤と青のブルース』。南フランスの避暑地・サントロペを舞台にしたひと夏の物語だ。二十代の頃、名画座でこの作品が上演されるたび足を運んだのは、マリー・ラフォレがギターを手に歌う姿を見たかったから。

旅が始まる朝は決まって、冒頭の南フランスまでドライブするシーンが脳裏に浮かんでくる。刹那《せつな》、マリー・ラフォレに憧れてこの歌を口ずさみながら旅支度をしていた昔を思い出していた。

②ノース・マリン・ドライブ　ベン・ワット

大学生の頃、つき合い始めたばかりの恋人が部屋に遊びに来ることになった。鞄も持たずふらりとやって来た彼が手にしていたのは一枚のレコード。

「このアルバムを一緒に聴こうと思ってね」

紙袋から取り出したLPのジャケットに写っていたのは、船の甲板から寒そうな冬の海を眺める子供たちのモノクロ写真だった。

簡素なギターとピアノと歌声だけの、一聴すると静かな曲調ながら、心地のいい音色にいつしか魅了されていた。ふたりでドライブ旅行したときも、彼はこのアルバムをカセットに入れて、車のデッキで繰り返し流していた。この曲を聴くと今でも、楽しい旅の記憶と甘酸っぱい気持ちが蘇ってくる。

③サブタレニアン二人ぼっち　佐藤奈々子

ドライブが似合いそうな明るい歌を聴くのは、出不精な一面もある自分を奮い立たせるためだ。道中に心弾む出来事がたくさんあることを願い、旅の始まりにこの曲を聴く。ゆっくり準備していたら出発が随分と遅れてしまった。旅先に到着するのは土曜日の夜になりそうだ。

土曜の夜の恋人たちを描いた『サブタレニアン二人ぼっち』の歌詞は、

土曜の夜ばかりか日曜日の朝までも恋しくなる。同タイトルのアルバムには『サブタレニアン二人ぼっち』のB面とも言えるような『土曜の夜から日曜の朝へ』という曲も収録されている。

夜の帳《とばり》が降りた頃に到着したホテルでこの曲をかけながら、日曜日の朝に思いを馳《は》せた。私が想像を巡らせたのは、この歌のようなロマンチックな物語ではなく、明日の朝食のメニューだ。美味しい朝食は、旅の大きな楽しみのひとつである。

④天使たちのシーン　小沢健二

この曲が収録されたアルバムのブックレットで、小沢健二さんは『天使たちのシーン』についてこう記している。

「どうか自由と希望のレコードでありますように」

私は、自由と希望を見つけるために旅をしているように思う。

かつて、心の中にこれまでにないほどの大きな迷いが生じたとき、あてもなく海を目指して旅をした。夏の終わり、この曲を聴きながら海岸を散策した。

「神様を信じる強さを僕に　生きることをあきらめてしまわぬように」

この言葉に、私は心から救われた。十三分三十六秒で人生を旅する。そんな気持ちになる歌は、他にはないだろう。


―B面―

①モナ・リザ　リオ
旅先で美術館や博物館に足を運ぶのは、たいてい午前中。混雑し始める前を狙ってのことだけれど、話題の展覧会や大規模な美術館でなければ、

ときに作品や空間を独占できる場合もある。

私が好きなこぢんまりとした私設美術館は、駅から離れた場所にあることが多い。駅から美術館までの道中にはたいてい、古風で品のある和菓子屋や、通りすがりの人を楽しませるように花が咲く、庭の手入れが行き届いた洋館なんかがあって、足取りも軽くなる。

そんなときに決まって脳内で再生されるのが、一九八〇年代に人気を博したフレンチポップス界のアイドルのチャーミングな歌声。名画の名がタイトルについたこの曲を想像しただけで、芸術に触れたい気持ちがむくむくと湧いてくる。パリの画家のアトリエで愛嬌《あいきょう》をふりまくミュージックビデオも大のお気に入りだ。

②シュガー・ミー　クロディーヌ・ロンジェ
クロディーヌ・ロンジェはパリ生まれの歌手だが、一九六〇年代にアメ

リカのレコード会社から英語で歌った作品を発表していた。舌ったらずの甘やかなウィスパーボイスで、フランス語なまりの英語の曲を歌う彼女に、古いフレンチポップを愛好する私は心を奪われた。

同じくウィスパーボイスのイギリス人シンガー、リンジー・ディ・ポールのヒット曲をカバーしたこの曲は彼女の九枚目のアルバムに収録される予定だった。しかし一九七二年の録音当時、諸般の事情でお蔵入りになってしまったそう。幻の作品が世に出たのは、それから二十年以上を経た一九九三年のことだった。

歌詞を紐《ひも》解けば、甘い偽りを人工甘味料にたとえた三角関係の歌だが、クロディーヌの甘美な声に背中を押されるように、髪をといたり着替えたり、おしゃれ心を揺り動かされてきた。今はすっかり歌詞の内容も忘れて、旅先で身支度をするときに聴く、おしゃれ心を盛り立ててくれる定番曲になっている。

③ガールズ　高木正勝

京都の美術館で、美しい映像と躍動するピアノの音に引き込まれ、しばらくその場を動けなくなった。少女の笑顔ときらびやかな旋律が交差する、白昼夢のようなミュージックビデオは、映像も楽曲も、そしてピアノ演奏もひとりのアーティストの手によるものだと知って心底驚いた。

美術館を出た後もピアノの音が頭を離れず、その場で音源をダウンロードし、イヤホンで繰り返し聴きながら鴨川沿いを散策した。鴨川の景色とこの曲が驚くほど融合し、見慣れた場所のはずなのに、全く知らない土地にいるような不思議な感覚に襲われた。

後に、高木正勝さんが京都出身だと知り、あのとき景色と音が合致したことが腑に落ちた。以来、京都を訪れるときのテーマ曲になっている。

④ハイウェイ　くるり

大切な愛読書のひとつ、田辺聖子さんの小説『ジョゼと虎と魚たち』が実写映画化されると知り、ドキドキしながら公開まもない映画館へ足を運んだ。大好きな小説の世界が映像化されることへの心配は、上映が始まってすぐに杞憂《きゆう》だったと確信し、映画が終わっても熱い気持ちが収まらず、しばらく席を立つことができなかった。

映画館からの帰り道も、エンドロールで流れた『ハイウェイ』が頭の中でかかり続け、この曲が収録されたサウンドトラックを求めるためCDショップに駆け込んだ。

とりわけ歌詞の中に二回登場する旅という言葉の使い方が素晴らしいのだが、この曲を聴くたび心の中でこんなふうに返歌している。

「私が旅に出る理由は本当に百個くらいある」

⑤フォーグル・ピアノ　シガー・ロス

夜にだけ聴く歌がいくつかあって、シガー・ロスのこの曲もそのひとつ。ひっそりと深い眠りへと続くトンネルのような安堵《あんど》感と、波立つ思いを鎮《しず》める神々しさを感じ、とりわけ旅の終わりに聴きたくなる。

音源を聴くだけでなくミュージックビデオも観たくなるのは〈シガー・ロスの世にも奇妙な映像実験〉プロジェクトの一環で、さまざまな映像作家とともに、一般のファンまでこの曲に合わせた映像作品を作っているからだ。

いくつか動画サイトにアップされている中で殊《こと》に私が好きなのは、夜の闇を進むカメラの中に、いくつものまるい光が映し出される作品。家に戻ってひと息ついたあと、眠りにつく前にこの映像をぼんやり眺めていると、旅先で出会った優しい人たちの顔が次々と浮かんできて、いつしか穏やかな気持ちになっている。

あれから十年も

十三歳の頃に好きになった事柄や人物は、一生変わらずに好きであり続けるものなのかもしれない。いろんなことに夢中になったり飽きたりしたけれど、あの頃に好きになったものたちの記憶は、自分の中に血肉となってずっと残っている。

私にとってのそれは、ミュージシャンの大江千里《せんり》さんだ。小学五年生のときにその歌と出会ってから中学三年生までの五年間、私は千里さんに恋をしていた。

関西学院大学在学中にデビューした千里さんの歌詞には、大学のキャンパス生活が頻繁に登場した。関西の地名もたくさん出てきて、いつか歌の中で描かれた土地に旅することを想像しながら、熱心に歌詞カードを読み込んでいた。

しかしながら中学三年生のときに雑誌『オリーブ』と出合ったことをきっかけに、大江千里さんへの熱は少しずつおさまっていった。大阪の大学に進学して、いつでも千里さんの曲に登場する関西の町を訪ねることができる機会を得たにもかかわらず、その頃は古本・喫茶店・ファッション・映画など他の事柄に夢中になっていた。

二十代半ばに文筆家を目指して上京した頃、私の千里熱を再燃させる出来事があった。二〇〇三年、大江千里さんが所属するエピックソニー創立二十五年を記念した大規模なライブ〈LIVE EPIC 25〉が開催されたのだった。

エピックソニーはソニーミュージック内のレコードレーベルで、他のレコード会社とは一線を画す個性的なアーティストが顔を揃えていた。大江千里さんを熱心に聴き始め、エピックソニーという存在を知った私は、他の所属アーティストの曲も自然と聴くようになっていた。千里さんは同レーベルのアーティストに楽曲提供をしていて、その代表格が渡辺美里さんだった。

渡辺美里さんのアルバム『ribbon』の最後に収録されている『10 years』は渡辺美里さん作詞、大江千里さん作曲で、名盤と誉高いこの作品の中でも殊《こと》に好きな曲だった。千里さんが紡いだ美しい旋律に載る、十年後の自分を想像して描いた美里さんの言葉に、十三歳の私は心を大きく揺さぶられた。

「大きくなったら　どんな大人になるの」

周りの人にいつも聞かれたけれど

時の速さについてゆけずに
夢だけが両手からこぼれおちたよ

この曲は、将来に漠然とした不安を抱いていた頃の心境をそのまま表現していた。十三歳の私は、十年後をずっと先の遠い未来だと感じていた。〈LIVE EPIC 25〉には大江千里さん、渡辺美里さんともに出演し、美里さんが出番の最後に歌った曲は『10 years』だった。

あれから十数年が経ち、夢を追って上京したものの、まだ文筆の仕事だけでは生計を立てることができず日々葛藤していた私の胸に再び、この歌がグサリと突き刺さった。十年先はもう遠い未来ではない。十年先、夢が両手からこぼれ落ちてしまわないように、真剣に言葉と向き合おうと気持ちを新たにした。それから少しずつ物書きの仕事をもらえるようになり、今もこうして文筆を生業《なりわい》にできている。

このライブをきっかけに、十代の頃のような熱量はないものの、千里さんの音楽を日々の暮らしのBGMのひとつとして再び楽しむようになった。漫画家・コラムニストの渋谷直角《ちょっかく》さんと一緒に自主制作したリトルプレス『俺と私のSIDE-B』では「私の千里」と題して、生活の中心が大江千里さんの音楽だった頃のことを綴《つづ》った。

その頃、建築への関心が高まり、日本にある建築家ウィリアム・メレル・ヴォーリズが手がけた建物を調べていた。ヴォーリズによる大学キャンパスの代表作といわれる建物が大江千里さんの母校である関西学院大学だと知り、静かに昂《たかぶ》った。他の人にすればなんの接点もないふたりだが、私にとっては大好きなふたりが交わった瞬間だった。

大江千里さんは二〇〇八年にニューヨークに渡り、今はジャズピアニストとして活躍している。同じ頃、親友がアメリカ人と結婚してニューヨークに移住した。

「もし千里さんに出会ったら、友人に大ファンがいるって伝えてね」

ニューヨークに行く直前の送別会で、冗談まじりにこんなふうに彼女に話した。

その数年後、彼女から驚くべき写真がスマホに送られてきた。

「みのりちゃん、千里さんに会えたよ!」

友人の隣には、優しい笑顔の千里さんが写っていた。ニューヨークのカフェでインタビューを受けていた千里さんにたまたま遭遇したそうで、この機会を逃すまいと勇気を出して声をかけたそうだ。

世界中で未知の感染症が大流行する一年前、彼女に会うために初めてニューヨークを訪れた。日中は彼女の案内でニューヨークを散策し、千里さんと偶然出会ったカフェにも訪れた。もしかしたらどこかで千里さんとすれ違うかもと少しだけ期待していたが、結局叶うことはなかった。八百万人以上が暮らすニューヨーク市で出会うことなどそもそも無理な話だ。そう思うと、以前彼女が千里さんと偶然出会えたのは、奇跡のような確率だった。

夜はエピックソニーのアーティストたちがニューヨークを歌った曲を、彼女の部屋で一緒に聴いた。いつしかふたりとも、音楽を通してニューヨークに憧れていた十三歳に戻っていた。ニューヨークを歌った一九八〇年代の日本人アーティストの曲を、エピックソニーが大好きな彼女と一緒にこの地で聴いたことは、忘れられない旅の思い出だ。

昨年、嬉しい出演依頼が私の元に舞い込んだ。関西学院大学にヴォーリズ研究センターが発足し、それを記念したシンポジウムにお招きいただいたのだ。

「関西学院大学はずっと私の憧れの場所でした。大好きなヴォーリズが手がけた建築であることと、もうひとつは大好きな音楽家・大江千里さんの母校であること。千里さんの曲を聴きながら、このキャンパスを訪れたいと十三歳の頃から憧れていましたが、今日それがようやく叶いました」

登壇して第一声こう話したところ、来場者の多くが千里さんの出身校だということを知っている様子で、大きな拍手を送ってくれた。

翌日、数十年越しで念願だった大江千里さんの聖地巡礼の旅をした。曲のタイトルにもなっている塩屋《しおや》では、歌詞の通りにくしゃくしゃのレコード包みとハンカチをひざの上に重ねて、長い間ホームのベンチに座っていた。なんの変哲もない駅だけれど、私にはずっと憧れていた特別な場所だった。

この先もことあるごとに、あの頃に夢中になった音楽が私を支えてくれるだろう。いくつになっても、十三歳の私に「こんな大人になったよ」と胸を張って話せる自分でいたいと思う。

旅の終わりに

Ｋ－ＰＯＰが大好きな姪《めい》（姉の娘）は大学時代、韓国の釜山《プサン》に留学していた。姉一家は山口県下関市で暮らしている。下関と釜山は海を挟み隣接していて、明治時代から連絡船が運行していた。フェリーを使えば安価で行くことができるため、ソウルではなく釜山の学校を留学先に選んだそうだ。

大学の卒業祝いでどこか旅行に連れて行ってあげると姪に話すと、意外な答えが返ってきた。

「じゃあ釜山がいいな。ソウルは日本でもいろんなところが紹介されているけれど、釜山はあまり情報もないし、いい町だからみのりちゃんを案内したいな」

姪が言っていた通りで、釜山の名所や名物について事前に調べようと思ったが、わずかな情報しか出てこない。一冊だけガイドブックを見つけたものの、私が望んでいるような内容はほとんど載っていなかった。

私は普段、旅先で取材した事柄を認《したた》める仕事をしている。ゆえに初めて赴《おもむ》く土地はある程度の下調べをしてから訪ねるのだが、この旅は全て姪と旅先での偶然の出会いに託そうと、事前に情報を入れないことを決めた。

無の状態で出かけた釜山は、目に映るもの全てが新鮮だった。町並み・市場・飲食店・古い家々・海辺の風景・移動の電車……どこに行っても未知との遭遇の連続で、驚きと喜びに満ち溢《あふ》れていた。

姪が留学中に食事に行ったことがある店もいくつかあったが、この旅ではあえて初めての飲食店に入ると決めていた。どこがいいか全く判断がつかないまま、店構えや店員が醸し出す雰囲気から推測して、自分たち好みの店に飛び込んだ。

　いくつか失敗談もあるけれど、大半は大当たりの美味ばかり。自身の旅先での直感力が鈍っていないことも確認できた。なにより姪とともに、どこでご飯を食べようかと真剣に迷う時間が愛《いと》おしかった。

　なんの情報もないまま旅に出て、真っ新《さら》な気持ちで町々のあらゆるものを吸収していく。インターネットが普及する前にあたりまえのようにしていたことを、釜山では久しぶりに体験することができた。知らない町をふらりと歩き、自身の嗅覚だけを頼って好きなものを見つけていく。それこそが旅の醍醐《だいご》味《み》なのだ。

　スマホを使えばなんでもすぐに検索できてしまう今、日本では絶対にできない経験だろう。日本だけでなく世界中の観光で訪れるような町を旅すれば、同様にさまざまな情報を簡単に入手できる。同じ韓国でもソウルを旅先に選んでいたら、このような体験はできなかっただろう。釜山の旅は大切な原点を思い出させてくれた。

多忙な日々に追われてカチコチに固まってしまった心を解きほぐすには、心ときめく出来事や人たちと出会うことが大切だと考えている。そうすることで本来の自分を取り戻し、自身の心を静かに見つめ直すことができる。

私が旅に求めているのはときめく気持ちだ。言葉にならないような心動かされる瞬間に出会うために旅をしている。ときめきをたくさん集め、自分だけの宝物を見つけるために、私はこれからも旅を続けていく。

以下ページの随筆は、下記に掲載された原稿の一部を底本にして、
大幅加筆・改訂し、再構成しました。

p33-40/p140-143/p157-162 『静岡百景』（ミルブックス） 2012年
p41-51 『田辺のたのしみ』（ミルブックス） 2022年
p130-134 『建築雑誌』（日本建築学会） 2023年
p153-156『ジャーナル』（ミルブックス）2008年

取材協力　交流Style（中部電力株式会社）

本書に掲載した文章は執筆時のものにつき、現在は閉店している
店舗や販売していない商品、変更された内容もございます。

日本音楽著作権協会（出）許諾第2406269-401号

甲斐みのり（かい・みのり）

文筆家。1976年静岡県生まれ。大阪芸術大学卒業後、数年を京都で過ごし、現在は東京にて活動。旅、散歩、お菓子、手みやげ、クラシックホテルや建築などを主な題材に、書籍や雑誌に執筆。著書は『朝おやつ』（ミルブックス）『愛しの純喫茶』（オレンジページ）『日本全国 地元パン』『歩いて、食べる 京都のおいしい名建築さんぽ』（エクスナレッジ）など約50冊。『歩いて、食べる 東京のおいしい名建築さんぽ』（エクスナレッジ）はドラマ「名建築で昼食を」（テレビ大阪）の原案に起用された。

旅のたのしみ

2024年10月23日　第1刷

著者　甲斐みのり

発行者　藤原康二
発行所　mille books（ミルブックス）
〒166-0016　東京都杉並区成田西1-21-37 # 201
電話・ファックス　03-3311-3503
発売　株式会社サンクチュアリ・パブリッシング
(サンクチュアリ出版)
〒113-0023　東京都文京区向丘2-14-9
電話 03-5834-2507　ファックス 03-5834-2508
印刷・製本　シナノ書籍印刷株式会社

ISBN978-4-910215-19-8　C0077